AF161372

Über dieses Buch:

Die Buch-Reihe „Nachtschauer" entstand, da ein internationales Schriftsteller-Kollektiv den Leichnam des klassischen Grusel-Groschenromans, wie es ihn nur im Deutschland der 1970er und 80er Jahre gab, wiederbeleben will. Inspiriert durch die Online-Show
„Nachtschauer – die Groschenroman Vorlesung!",
trat das Kollektiv an den Macher und Host der Sendung Lino Endorphino heran, mit einer spannenden Idee:

Begleitend zu dem filmisch inszenierten Internet-Format und der gleichnamigen Rubrik im führenden Horrormagazin „Virus", welches parallel zur Sendung, in jeder Ausgabe eine berühmt - berüchtigte oder auch zu Unrecht übersehene Groschenromanserie vorstellt, sollte es fortan eine Buchreihe geben, in der internationale Autoren ihre persönliche Hommage an dieses einzigartige Untergenre der Phantastik veröffentlichen.
Lino Endorphino zeigte sich begeistert und so erscheinen nun fortlaufend psychotronische Geschichten aus der Wahn-Welt des Absurden, in deren Universum praktisch alles möglich ist: Fremde Welten, Abnormitäten, Kreaturen, Irrsinn & Philosophie paaren sich mit schwarzem Humor. All diese Ausgeburten haben eins gemeinsam: Ihre Inspiration schlummert im schummrigen Universum von „Nachtschauer"...


Über den Autor:

Der italienische Schriftsteller und Therapeut Mario Dario lebt und arbeitet in Rom. Der 43-jährige studierte an der Academia del Arte in Florenz Philosophie, und anthropophagische Psychiatrie in Umbrien.
Der Horrorfan publiziert regelmäßig im führenden italienischen Horror-Filmmagazin „Pappa Giallo". Nebenberuflich ist er als Berater einer Psychotherapeutischen Praxis tätig. Sein Fachbuch „Horror kann heilen!" avancierte in Italien zum Standardwerk. Zu seinen Schauer-Romanen gehören Bestseller wie „Romanza Cannibale... Passione di giungla dei morti viventi" und „Antispasti per la morte".
„Nicht Schuppen!" ist sein erster ins Deutsche übersetzte Roman, weitere sollen folgen.
Die in Italien sehr erfolgreichen Erzählungen atmen den Geist der literarischen Helden des Autors Lovecraft, Barker, D'amato, Landsdale und ver-

quicken deren philosophischen Horror mit dem surrealen Einfallsreichtum seiner seit Kindertagen verehrten Groschenroman-Ikonen Dan Shocker, Cater Saint Clair, Neal Davenport, Earl Warren, Jason Dark, Henry Ghost u.v.m...

Über den Illustrator:

Der spanische Plakatmaler Ignazio de los Monos ist vor allem bekannt für seine Kinoarbeiten zu den umjubelten Veranstaltungen des Exploitation Vereins „El secreto Communidad del Pelicula eterna oscuridad" in Castello Vista, Barcelona. Darüber hinaus ist der Sammler von Menschen-im-Affenkostüm-Film-Material verantwortlich für die wunderschön gestalteten Plakate zu „Planet!", der Fortsetzung „Planet Zwei!" und dem Covermotiv des Werwolfreissers „Cuando esa pelaje aumentas incio". Er lebt und arbeitet für das phantastische Genre und ist großer Fan des Altmeisters R.S. Lonati, bei dem er viele Jahre in passiver Lehre war! Mehrere Auszeichnungen folgten...
Schauspieler Fred Williamson bezeichnete ihn jüngst als „Schwuchtel".

# Nachtschauer

präsentiert

# Mario Dario
# Nicht schuppen!

Novelle

Originaltitel:
*Il giorno dal uomo che super-io divorare
il stesso di mondo a causa di capelli é causato
maledizione...*

Aus dem Italienischen
von Käthe Kollwichs

Bibliografische Information der Deutschen Nationalbibliothek:
Die Deutsche Nationalbibliothek verzeichnet diese Publikation in der
Deutschen Nationalbibliografie; detaillierte bibliografische Daten
sind im Internet über http://dnb.dnb.de abrufbar.

© 2014 Mario Dario/Nachtschauer

Titelillustration: **Ignazio de los Monos**
Übersetzung: **Käthe Kollwichs**
Herausgeber: **Das Nachtschauer-Kollektiv…rein!**

Deutsche Erstveröffentlichung
1. Auflage April 2014

Herstellung
und Verlag: BoD – Books on Demand, Norderstedt
ISBN: 978-3-7357 20290

Liebe Buchfreunde!

Bevor sie nun das Buch ihrer Wahl lesen, bitten wir sie einen Moment um ihre Aufmerksamkeit.
Anders als Filme, werden Bücher nicht daraufhin geprüft, für welches Alter und welche Menschen sie geeignet sind. Im Interesse ihrer Kinder und ihres eigenen Geisteszustandes bitten wir sie um ihre Mithilfe:

Lesen sie dieses Buch nur, wenn sich ihre Kinder, für die dieses Buch nicht geeignet ist, nicht mit ihnen im Raum aufhalten. Wecken sie als Vorbild für ihre Kinder durch das Lesen, nicht unnötig die Neugierde auf dieses Buch. Lassen sie es nicht unachtsam herumliegen und bewahren sie es unzugänglich für ihre Kinder und deren Freunde auf.
Sie selbst sollten sich im Klaren darüber sein, dass dieses Buch eine ernsthafte Gefahr für ihren Geisteszustand oder ihre seelische Verfassung darstellen kann.

Dies ist kein Werbegag, sondern eine ernst gemeinte Warnung! Dieses Buch enthält extrem starke und nervenbelastende Szenen, die bei sensiblen Lesern zu gesundheitlichen Schäden führen können!

Mehr zum Thema Geistes- und Jugendschutz erfahren sie unter www.facebook.com/Nachtschauer/info

Wir danken für ihre Mithilfe und wünschen ihnen nun gute Unterhaltung bei dem Buch ihrer Wahl...

Widmung:

„Diese Reise in die Welt der Schatten ist all denen gewidmet, die das Kino-Kind in sich bewahrt haben. All diejenigen, die sich immer noch mit staunenden Augen darauf einlassen können, das Monster, Mythen, Mutationen irgendwo existieren und sei es im Paralleluniversum der Phantasie. All diejenigen, die nicht in einen Superman-Film gehen und sich dann wundern, warum der Typ fliegen kann, all diejenigen, die ins Kino gehen, um den Boden der Realität zu verlassen und wieder 12 zu sein, obwohl das Spektakel erst ab 18 ist...

Wer also nicht die Nase rümpft, über Gruselgeschichten aus Absurdistan, wer seinem Geist eine Pause gönnen will und seinen Verstand auf Reisen in eine Welt jenseits der Schulweisheit schicken mag, der wird auf diffusen Pfaden mit einer Sightseeing-Tour durch die Geisterbahnen einer besseren Welt belohnt – meiner Welt..."

Euer Nachtschauer

Wenn das Dunkel den Tag überschattet, kommt der Nachtschauer…

Rom – schöne Stadt. Rom – stolze Stadt. Rom – ewige Stadt…?

Die Via Lazaretto thronte selbstbewusst auf einem der sieben Hügel und ließ sich lässig vom lauen Abendwind schmeicheln. Sie war es gewohnt, umgarnt zu werden. Sie war es gewohnt, bestaunt zu werden. Also lag sie in sich ruhend da und genoss das stille Flanieren ihrer Verehrer. Das Geräusch des Aufruhrs, das aus dem kleinen Fenster hinaus auf die Straße polterte, drang in sie ein, wie ein Vergewaltiger, der in eine fremde Zweisamkeit platzte und aus dem laufenden Liebesspiel seine persönliche Demonstration des universellen Hasses machte...

Ein Schrei entfuhr Charles, als er sich im Spiegel betrachtete. Die Büschel, die zwischen seinen Fingern hingen, waren unzweifelhaft ein Zeichen für das Schreckgespenst, das jeder Mann fürchtete, wie das Kind den Wandschrank. Gegen *„da ist was im Wandschrank"* konnte man die Tür schließen und ein Licht brennen lassen. Gegen das Schreckgespenst im Bad, musste

# Nachtschauer

man das Licht löschen, die Augen verschließen und sich nicht über die auffälligste Extremität des menschlichen Körpers streichen: den Kopf. Das Schreckgespenst des ausgewachsenen Mannes hatte einen übel nach Verfall und Verlust klingenden Namen:

*HAAR-AUS-FALL…*

Das dreisilbige Schreckgespenst, entsprang nicht irgendeiner Gruselmär. Es war so real, wie die Mädchen, die es bisher genossen, durch das volle blonde Haar des jungen Mannes zu streichen. Genauso real, wie die zahlreichen Samenergüsse, die ihm sein Erscheinungsbild bereits beschert hatte. Er kam auf stolze 2023, nicht selbst verursachte! Zumindest war bei den Samenergüssen dieser Liste immer eine Frau anwesend…

Seine genaue Buchführung war bei seinen Brokerkollegen berühmt. Wüssten sie von seiner kleinen Marotte, ebenso über Alltagsdinge Buch zu führen, wie über seine Index-Zahlen, er würde zum Gespött. Wüssten die Kollegen von seinem Haar-Problem…

Er erschrak und ließ die Bürste ins Waschbecken fallen. Das verwöhnte Bürschchen hatte es sich bisher etwas zu bequem gemacht, in der Lebenswelt eines *Reichen* und *Schönen*…

Charles, der es sich übrigens verbat, seinen französischen Namen mit einem „s" am Ende zu sprechen, da es bei ihm stimmlos war und er den englischen CharleS mit gesprochenem „s" am Ende zu plump empfand… Plump entsprach einfach nicht seinem Stil, wie er unselten betonte. Seine Eltern hatten einen französischen Namen gewählt, da ihnen die üblichen Giovannis und Enzos zu gewöhnlich klangen. Sie wollten für ihren einzigen Sohn einen starken europäischen Namen, aber eben keinen italienischen. So wie sie, verstand auch er sich selbst als Exot und so bat er um die korrekte Intonierung und war sich für keine Berichtigung seines Gegenübers zu fein. Wie diese Eigenheit auf neue Bekanntschaften wirkte, braucht hier wohl nicht erwähnt zu werden. Erwähnt werden sollten jedoch die unzähligen Verunglimpfungen seines Namens. So gab es Leute, die im Gespräch über Charles mit Dritten, eine Handbewegung machten, als würfen sie sich einen Schal um den Hals. „Kommt SCHAL auch zur Party?" feixte man untereinander und machte diese huschige Bewegung über die Schulter.

Einer seiner kräftigen Kumpel, packte ihn häufig an beiden Armen, presste ihn in der Mitte ein wenig zusammen und schob den ganzen Charles zu einem Mädchen rüber. Immer dann wenn eine junge Dame anwesend war, die offensichtlich fröstelte. Dann wurde er rüber geschoben und der Kumpel fragte: „Hey brauchste'n SCHAL?" Mit schallendem Gelächter unterstrich der Kumpel dann jedes Mal seinen Wortwitz und meistens stimmten die umstehenden ein. Bis auf Charles…

An der Bar hieß es nur: „Ich glaub, ich brauch mal was Frisches, mein Bier ist schon ganz SCHAAAL…" Gelächter!

Einmal sagte ein erscheinungstolles Mädchen (also ein Mädchen, das auf den ersten Blick toll erscheint, aber im Grunde nicht besonders viel zu bieten hat, außer vielleicht schnellem Sex…), das Charles im Kreise seiner Kumpanen kennen lernte, bei der Vorstellung: „Ach, so wie dieser französische Musiker, dieser Atze Nawur?" Gelächter! Sie hätte besser Charles mit „s" gesagt…

Dieser Charles betrachtete sich nun im Spiegel und sah, wie seine Haarpracht schon mal voraus ging und ohne ihn bereits jetzt das Zeitliche segnete. Alles hatte er bereits probiert: Haarkuren, Wachstumshormone, Merz Spezial Dragees, den ganzen Mist, den die Werbung in zeitlupenden Bildern in die Köpfe der schlafwandelnden Fernschauer tätowierte. Er hatte sich über Haartransplantationen erkundigt, er hatte seine Schätzchen nur bei halber Hitze geföhnt und sie niemals trocken gerubbelt. Er hatte mal so einen Kerl im Fernsehen gesehen, der mit 70 Jahren immer noch mehr Haare hatte, als er selbst jetzt. Charles war Ende Zwanzig… Dieser Kerl erzählte, er habe seine Haare immer verwöhnt mit Streicheleinheiten. Das Handtuch durfte nicht zu hart sein und man solle nicht rubbeln, sondern die Haare trocken massieren...

„Verdammte Scheiße!" brüllte sich Charles im Spiegel entgegen und packte mit beiden Händen in seine ausfallenden Haare. „Ich habe euch immer trocken gestreichelt und auch sonst habt ihr alles von mir bekommen. Seid ihr denn total bescheuert, jetzt einfach abzuhauen? Was wollt ihr denn noch? Ich kann ohne Frisur nicht leben, versteht ihr das denn nicht?" Er klang nun erbärmlich weinerlich...

Er hatte auch mal gehört, dass Leute, die mit Pflanzen sprachen,

# Nachtschauer

allesamt berichteten, ganz tolle Wachstumserfolge zu erzielen…
Es hupte in sein Fluchen und Fürbitten hinein. „Ficken! Die Jungs sind da. Wo ist meine scheiß Kappe?" Er war noch gar nicht vollständig angezogen. Er hasste Hetze, doch noch mehr hasste er seinen Kopf. Deshalb entschied er heute nicht mit den Jungs zum Jahrmarkt unten am Ufer des Tiber zu fahren, obwohl dieser Trip zu den Highlights des Jahres gehörte. Allesamt waren sie vernarrt in den süßlichen Duft, den das Treiben um die bunten Lichter herum schon von weitem verströmte. Sie alle liebten die Mädchen, die sich immer in Rudeln zwischen den Karussells und Schieß-Buden herumtrieben und lachend Zuckerwatte schleckten.

„Let the Sunshine, let the sunshine in, the suhuhunshine in…", tönte es gute Laune gassenhauernd aus dem TV-Gerät.

„Nur noch zwei Wochen, sichern sie sich JETZT die letzten Karten für den Klassiker, der eine ganze Generation bewegte...HAIR...Yeah!"
Jetzt ein Medley aus den Hits des Flower Power - Musicals, das ihm den Rest gab, da er sich spä-

testens nun von der Welt verarscht vorkam…
„Ich … ICH KOMM NICHT MIT", rief er aus dem Fenster hinunter zu den Jungs. „Nun mach schon, klar kommst du mit…was ist denn los?" Er konnte nicht mit ihnen darüber reden. Der Spott wäre den ganzen Abend auf seiner Seite gewesen. Es war schlimm für ihn. Er war ein Womanizer, er war Erfolg bei den Frauen gewohnt und sie liebten besonders sein schönes wuschiges, dickes Haar. Nun war es nicht mehr so dick, nun gab es Fleischinseln. Kahle Stellen so groß wie der Lago Maggiore. Er setzte die karierte Golfer-Kappe auf und stellte sich noch einmal vor den Spiegel.
„Fickt euch! Ich seh' trotzdem super aus!"
Es hupte wieder. Charles zog sich ein frisches Hemd über und schlüpfte in seine 469 Euro Fratelli Rossetti Schuhe, die er für die Ladies immer frisch poliert bereit stellte. Als erfolgreicher Börsianer konnte er sich's leisten, seine Schuhe auf dem Jahrmarkt zu beschmutzen. Die ledernen Fußferraris wurden 2 mal wöchentlich abgeholt, gereinigt, poliert und kehrten einen Tag später auf dem Absatz zurück in sein Appartement. „Poliboy" nannte er diesen Service, wenn ein Mädchen bei ihm übernachtete und es zufällig wieder „Poliboy"-Tag war. Die jungen Dinger kieksten dann jedes Mal über vermeintlichen Charme und Witz, den Charles versprühte.
„Poliboy…hihihi…klingt wie eine Mischung aus Politur und Laufbursche…hihihi!", hatte eine seiner „Ladies" mal kommentiert.
Er hatte dann „Tja…" gesagt…
Heute war so eine Nacht, in der er punkten wollte. Bisher hatte er immer gekriegt, wonach es ihn gelüstete…

Der Jahrmarkt sah von weitem aus, wie ein kleines Las Vegas. Inmitten der Dämmerung verschwand noch mehr von dem ohnehin schon spärlichen Rest, der um den Jahrmarkt herum, die Peripherie der Stadt säumte. Hier draußen war beinahe ausschließlich Platz für den großen, bunten Amüsierbetrieb. Der Rest (einige einzelne ehemalige Lagerhallen) war nicht beleuchtet und wurde von der Dämmerung verschluckt, als würde die Dunkelheit jene unbeleuchteten Fragmente jenseits des Jahrmarktes, ganz einfach nicht akzeptieren. In dieser Dunkelheit am Rande der Stadt, gab es nur eine Realität. Eine einzigartig illuminierte Realität. Und die erstrahlte, blinkte, blitzte und funkelte bunt:

Das „HAHA!-LAND"

So stand es über dem Torbogen, der den Eingang bildete, in gut gelaunt leuchtenden Lettern. Niemand bemerkte je das dunkler bunte Treiben hinter den Buchstaben… Das Krabbeln und Hetzen der kleinen und größeren Insekten, die sich hinter der lebenslustigen Einladung Todeskämpfe lieferten. Spinnweben, die in den Scheitelpunkten der übergroßen A's lauerten, und regelmäßig wippten, wenn sich wieder ein lichtverliebter Flattermann ins flackernde Strahlen stürzte. Die böse Überraschung bei den naiven kleinen war dann jedes Mal über lebensgroß, wenn sie erst einmal im Netz zappelten. Doch an Überleben war nicht zu denken, wenn sich der Ernst des Lebens umarmend auf sein Opfer stürzte, um ihn grimmig willkommen zu heißen auf der anderen Seite des Lachens…

# Nachtschauer

Nach dem üblichen Smalltalk mit den Jungs ging's auf dem Jahrmarkt zu wie immer.
Außer: Achterbahn – ohne Charles. Überschlag-Schiff – ohne Charles. Und auch den Freifall-Turm ließ er aus, da er seine Kappe hätte verlieren können. Das Murren der Jungs war ihm mittlerweile egal. Seine große Show bekam er, als er für zwei Mädchen am Schießstand riesige Stofftiere schoss. Im Freudentaumel griff die eine nach Charles' Kappe. Wie ein irrer brüllte er „NEIN!". Plötzlich war das Gelächter verstummt. Das Mädchen meinte: „ Ich wollte doch nur…mit der Kappe wedeln vor Freude!" „Das ist mir scheißegal, die Kappe bleibt wo sie ist…fass sie nicht an!" Charles herrschte das Mädchen an, als sei es eine verzogene Göre. Die beiden Freundinnen schauten sich an, murmelten „Der hat sie doch nicht alle!" und zogen ab. Die Jungs fragten ihn, ob er noch ganz dicht sei. Mit dem Gewehr im Anschlag, zielte er ohne es wirklich zu merken auf seine besten Freunde und herrschte barsch: „Ihr habt ja eure Haare noch, ihr Arschlöcher!" Wütend zog er die Kappe ab und gab den

Blick frei auf die kahlen Stellen. Sofort setzte er sie wieder auf. „Aber so schlimm ist es doch noch gar nicht!", meinte der langhaarige Mattei mit ungläubigem Blick. „Ja…NOCH nicht! Die fallen jetzt aber nach und nach aus und was soll ich dann machen?" Er schmiss das Gewehr hin und ging wütend davon. „Ich hau ab nach Hause, fickt euch!" schnauzte er und ließ die anderen stehen…

In seinen wütenden Gedanken tobten sämtliche Bilder von Shampoo-Werbungen, die sich in seiner Zeit vor dem Fernseher, in seinen Erfahrungs-, in seinen Weltbild-Speicher eingebrannt hatten. Junge strahlende Menschen shampoonierten sich gegenseitig die Köpfe mit Bergen von Schaum und langsamen kreisenden Bewegungen. Frauen warfen in Zeitlupe ihre Mähne, gut aussehende Strahlemänner kämmten sich Glanz ins Haar und sogar die dümmsten Pornodarsteller trugen vor seinem geistigen Auge eine scheinende Löwenmähne bis zum pulsierenden Arsch hinunter… „Sogar die!" sagte er sich. "Dumm, wie Brot, aber Haare wie Sau. Wie machen die das? Verdammt!" Er vergrub sein Gesicht in einer Hand und blieb einen Moment lang stehen. Er war wie von Sinnen. Sollte seine Selbstverliebtheit jetzt schon ein Ende haben? Heute, hier? Er schaute fragend zum Nachthimmel hinauf. Seine Gedanken rasten. Als er schwer ausatmete, neigte sich sein Blick. Er war hinter einer Hot Dog - Bude zum Stehen gekommen und lehnte nun daran. Er hörte das Lachen, Leben und Balzen im bunten Treiben. Charles spürte die Spannung in seinen Venen, die links und rechts des Halses böses Blut in Hirn und Herz pumpten. Heiße Hasslava, glutgleich leuchtend musste sie sein, in unbändiger Geschwindigkeit durch seinen wutentbrannten Körper jagend. Die beiden Halsschlagadern traten nicht nur hervor, sie verhärteten sich gefühlt zu Plastikröhrchen, die das Unterkiefer-Ende mit den Schlüsselbeinen verbanden. Das kochende Blut schoss mit einer Intensität in seinen Schädel, dass er davon Kopfschmerzen bekam. Hätte er je einen winzigen Schnitt links und rechts des Halses angesetzt, Charles wäre zu einem blutfunkensprühenden Sonnenkreisel geworden. Eine Suizid-Silvesternacht in unendlicher Umdrehung von einem rot glühenden Fächer erhellt…

Im wütenden Augenwinkel sah er etwas aufflackern. Etwas rotgoldenes. Er drehte den Kopf und sah neben sich ein samtenes Zelt. Es wirkte, wie das Zelt einer Wahrsagerin. Durch die Musik der Fahrgeschäfte hindurch und auch durch die „Jetzt noch einmal mitspielen, jedes Los gewinnt, keine Nieten…" – Rufe, hörte er leise Zimbeln. Glöckchen… Und irgendwie war ihm, als beruhige ihn der Klang, den er ganz diffus vernahm. Er atmete langsamer, tiefer und näherte sich dem Zelt.

„Madame Maintenant" stand in Strass besetzten Lettern über dem Eingang auf einem, wie aus sich selbst heraus blinkenden Schild. Darunter „Magie und mehr!". Ein Minipalast aus 1001er Nacht. Wie ein prachtvolles Beduinenzelt in samtenem Rot mit allerlei goldenem Schnickschnack verziert, wirkte das Zelt mehr als einladend. Charles war wie benommen, als er vor dem Eingang stand und zum Schild hinauf sah. Er nahm wie automatisch den schweren samtenen Vorhang beiseite und trat ein in die rot wallende Welt von Madame Maintenant… Maintenant…Maintenant…
„Tritt ein in die Welt von Madame Maintenant", sagte eine Stimme, die an den Tonrändern leicht zerfranst war. In den hohen Tönen traf sie eine Verzerrung, wie leicht übersteuert. Als seien

# Nachtschauer

die gesprochenen Schallwellen, ein Klang aus einem Aufzeichnungsgerät vergangener Tage. Eine Art akustischer Anachronismus. Obwohl etwas rauhes, tonbandhaftes mitklang, war es insgesamt eine äußerst umschmeichelnde Stimme...
„Was ist dein Begehr, mein Lieber?" Charles zögerte einen Moment, horchte in sich hinein. Plötzlich war da ein Vertrauen in ihm, das er bisher nicht kannte, also setzte er sich langsam auf den vor ihm stehenden Stuhl, rückte ihn nervös zurecht und sah die unheimliche, aber seltsam schöne Frau lange an. Nach einer endlos scheinenden Stille, atmete Charles tief ein und setzte die Kappe ab. „Ich muss wissen, ob ich bald ganz kahl sein werde! Sie sind doch Wahrsagerin, oder?" „Oh, nein…Haha mein lieber…ich bin keine Wahrsagerin. Ich schaue nicht in die Zukunft… ich löse Probleme, im Hier und Jetzt…du musst also anders fragen, dann kann ich bestimmt auch dir helfen." „Wie soll ich denn fragen?" sagte Charles verwirrt, während die exotischen Düfte im Zelt begannen, seine Sinne zu beeinflussen. Es duftete nach Rosenblättern, einem

Kräutergarten, nach Hanf und Patschuli. „Frag mit deinem Herzen…"
„Verdammt, wie behalte ich bloß meine schönen Haare?" „Schon besser", meinte Madame Maintenant und machte eine laszive Handbewegung durch die betörende Luft, als würde sie unsichtbar malen…
„Ich kann dir helfen, wenn du mir hilfst dir zu helfen. Dazu musst dir selber helfen. Willst du das?" „Was muss ich tun?" „Ich bin eine Medigeunerin. Eine medizinische Zigeunerin. Ich fertige die verschiedensten Elixiere an: Liebestrunk, Schönheitssalbe und wenn du es nur wirklich willst… Haartropfen!" „Was?! Eine Medigeunerin? Willst du mich verarschen, Alte? Das klingt so selten bescheuert…" „Sieh mich einfach, wie eine Homöopathin. Du musst schon ein bisschen Vertrauen mitbringen, dann funktionieren die Wunderwüchse der Natur auch bei dir, mein Lieber! Deinen unflätigen Ton verzeihe ich dir, da du etwas…sagen wir…aufgeregt bist…Aber ab hier und jetzt solltest du deine Zunge hüten und dich entscheiden, es wird Zeit. Willst du prächtige Haare oder lieber nicht?"
„Und ob ich will…was muss ich tun?" „Ich will dir etwas zeigen…" sie stand auf und ihr langer roter Rock fiel in länglichen Knitterfalten über ihren weißen Unterrock, über ihre Knie und endete auf halbem Weg zu den Knöcheln. Sie trug dünne Riemchenschuhe, welche sie ein wenig wirken ließen, wie eine Ballerina im Rotkäppchenkostüm ohne Käppchen.
Charles *dachte*: "Das kann doch hier alles gar nicht wahr sein, will die mich verarschen, die sieht aus und redet, als würde sie für eine Rolle in einem tschechischen Märchenfilm vorsprechen. Oder die ist nicht ganz dicht. Das ist doch alles Theater hier…"
„Nein", säuselte Madame, „ist es nicht!" Charles erschrak. „Was…was ist es nicht?" „Alles Theater hier…" sagte Madame in einem wissenden Ton, der Charles eine Gänsehaut über den Rücken huschen ließ. Sie zog eine Augenbraue hoch... „Woher weiß sie das?" fragte er sich und sah sich gleichsam erschrocken wie eingeschüchtert um, als die unheimliche Madame den Vorhang zum Hinterzelt öffnete. Überall sah er seltsame Symbole. Traumfänger hingen mitten im Raum. An ihren Ausläufern waren kleine Krähenfüße geknüpft. In den Zentren der Traumfänger hatte sich allerhand Kleinzeug verfangen. Bei näherem Hin-

schauen erkannte Charles Mini-Totenschädel von kleinen Vögeln, die dort hingen, wie Fliegen im Spinnennetz…

Runen thronten auf einem Altar in loser Reihenfolge angeordnet. Charles musste an die Chaostheorie denken und das sich im Ursprung tendenziell alles zur Unordnung ansammelt. So wirkte dieser Altar…wie eine Ansammlung von Unordnung mit einer beabsichtigten Struktur. Langsam ging er hinüber zum Altar. Er wollte erkennen, welche Schriftzeichen auf den Runen zu sehen waren. Während er sich dem Altar langsam näherte, bemerkte er, dass er keinen Jahrmarktslärm mehr hörte. Es war, als sei das Zelt von meterdicken Mauern umgeben. Kein Laut drang nach innen. Oder war der Betrieb draußen eingestellt worden? Nein, so spät war es noch nicht… Er sah auf seine Uhr. Die Ziffern waren nicht mehr zu erkennen. Sie waren mit den Zeigern ineinander…verschmolzen! Das ganze wirkte, wie ein Requisit deutscher Expressionisten, aber nicht mehr wie ein Zifferblatt. Ein grober Kreis, in dessen Mitte die ehemaligen Zeit-Zeiger eine Art X bildeten. Als Charles genauer hinsah, erkannte er, was sich vor ihm aus den Zeigern gebildet hatte… Inmitten des

# Nachtschauer

schlierenden schwarzen Kreises, der nur noch erahnen ließ, dass er kurz zuvor aus Zahlen bestand, aalte sich ein Kreuz. Es bewegte sich langsam, wie weiterhin vom Uhrwerk angetrieben und blieb erst stehen, als es umgekehrt das Symbol der Negierung Gottes bildete. Ein umgekehrtes Kreuz, inmitten des Teufels Reigen, zeigte Charles, welche Zeit nun gekommen war…

Er schreckte hoch und sah zum Altar: die Runen ruhten in vollkommener Ordnung, als seien sie zum Kauf aufgereiht. Nebeneinander, fein säuberlich der Größe nach sortiert.

Charles schüttelte den Kopf und sagte in den Raum hinein: „Was ist mit den Steinen, wie machen sie das?" Er drehte den Kopf, doch Madame Maintenant war verschwunden…

Verwirrt ging er hinüber zum Vorhang. Als er den samtenen Stoff berührte, war es, als flüsterten dünne Stimmen unverständliches. Er schob das wallende Rot beiseite und öffnete so sein Blickfeld für

„Mein Elixorium…", rief ihm Madame entgegen. Ihre Stimme hatte nun etwas Stolzes hinter dem umschmeichelnden Säuseln.

Es war ihr anzumerken, daß dies das Herzstück ihres Reiches war. „Wie du siehst, habe ich allerhand anzubieten, mein Lieber! Kannst du den Duft erkennen, der in der Luft liegt?" „Nein, ich…bin etwas von Sinnen, glaube ich…" „Ach was, mein Lieber, das ist völlig normal, wenn man zum ersten Mal bei Madame Maintenant zu Besuch ist. Der köstliche Duft, ist übrigens Angstschweiß…DEIN Angstschweiß. Und von dem hätte ich nun gern etwas. Kommst du?"
Charles blickte auf einen Raum, wie ein Laboratorium. Es gab unzählige Gefäße, teils gefüllt mit schillernden Flüssigkeiten. Teils beherbergten die Kolben und Ausgießer, Einmachgläser und Terrarien Teile von Tieren, seltsame Pflanzen, die Charles noch nirgends gesehen hatte. Was er in einer Ecke entdeckte, war spärlicher beleuchtet, als der Rest. Es gab Rotlichtlampen über offenen Gläsern, gelbes, grünes Licht, hinter Behältern, die Quelle konnte er nicht ausmachen, nirgends gab es ein Generatorengeräusch. Es war, als hätte er mit dem Zelt eine andere, seltsame Welt betreten. Isoliert von dem Terrain, das sie umgab. Allein für das Aufgebot an Lichtern, wären dutzende Stecker, Steckdosen, Kabel und dergleichen notwendig. Nichts von alledem war auszumachen. Die köchelnden Versuchsanordnungen, das blubbernde Wirken auf dem riesigen Tisch inmitten des Raumes…Alles funktionierte irgendwie…Aber wie? Was war hier los?

„Zerbrich dir nicht den hübschen Kopf, mein Lieber, komm hier rüber und bring mir was von deinem Angstschweiß, ja?!"

Charles war perplex. Die Stimmen um ihn herum waren mal leise, mal laut, verstehen konnte er jedoch nichts. Es klang, wie ein mehrmals bespieltes Magnetband. Durch die letzte Aufnahme hindurch, hörte man Wortfetzen der darunterliegenden… undefinierbar, unzusammenhängend, unheimlich…

Er schritt langsam, wie von selbst auf Madame zu und reckte ihr die Stirn entgegen. Sie kam näher… Noch ein Stück… Plötzlich spürte er ihren Atem auf seinem Gesicht. Er roch süßlich. Er war warm und angenehm. Irgendwie verführerisch, breitete er sich auf seinem Gesicht aus, legte sich wie die hauchdünne Membran einer Qualle unsichtbar auf sein Gesicht und benetzte es auf liebevolle Weise…

Er schloss die Augen… Mit einem leisen Schmatzen öffnete die rassige Madame die Lippen und ließ langsam ihre Zunge hervorschnellen. Genießerisch schleckte sie über die Stirn des jungen Mannes. Einmal, zweimal und noch ein weiteres Mal über die volle Länge, jeden Millimeter Haut kostend, keinen Tropfen Angstschweiß auslassend. Das schleckende Geräusch der Zigeunerinnenzunge und das Gefühl der Begierde, das ihre kleinen rauen Geschmacksknospen auf seiner Stirn entfachten, erregten Charles... Langsam öffnete er die Augen. Er sah Madame über eine kleine Amphore gebeugt, in die sie ihren Speichel füllte. Im Zwielicht des hinter ihr lodernden Kamin-Feuers, schien der Schatten ihres Körper dabei zu tanzen. An einem langen Faden ließ sie die erleckte Stirnschweiß/Spucke-Mixtur in das kleine Tongefäß gleiten. In ihrer verstörenden Darbietung war sie jedoch nicht abstoßend. Im Gegenteil. Es war erregend, wie sie vornüber gebeugt, in einer meditativen, wellenförmigen Körperbewegung ihren Ritus vollzog. Sie schien zu einer Melodie zu tanzen, die nur sie hören konnte... Charles' Körper bebte. Mit dem Fläschchen wand sie sich langsam aus ihrer Haltung und drehte ihren schlanken Körper zu Charles. Ihre schwarzgeränderten Augen, strahlten ihn an, als sie auf ihn zukam. Sie schien zu schweben.

# Nachtschauer

Charles stand wie erstarrt da und harrte pochenden Herzens dessen, was nun kommen sollte. Madame legte ihre Hand auf das halb geöffnete Hemd des jungen Mannes und streichelte seine Brust. Wie ein Gluteisen zum Brandmal drang die Hitze der Hand tief in seine Haut ein. Der Länge nach drehte Madame ihre Hand und begann eine Talfahrt Richtung Bauchnabel. Charles glaubte zu verbrennen... Ungeachtet von Gürtel, Knöpfen und Reißverschluss drang ihre Hand, wie getrieben immer tiefer an Charles' bebendem Körper entlang und bahnte sich schließlich ihren Weg zwischen seine Beine. Er zog den Bauch ein und hielt den Atem an. Zwischen seinen Schenkeln hielt sie einen Moment lang inne und rückte mit ihrem duftenden Körper so nah an Charles heran, dass es ihm beinahe kam. Nur einige flache, schnelle Atemzüge erlaubte er sich, bevor dieser fantastische, rote Mund an seinem Ohr angelangt war und mit einem erregenden Geräusch die Zunge der Madame feucht in seinen Gehörgang schnellte. Sie flüsterte: Hier ist dein Lustschweiß gefangen... Den benötige ich dringend, wenn dir etwas wachsen soll, mein Lieber…" Mit einer raschen Bewegung fuhr ihre Hand zwischen die Beine des Bangen. Sie huschte über seinen Schwanz und rutschte über seine Hoden, wischte den gleichen Weg zurück, strich Hodensack und Schwanz mit ihren langen Fingern entlang bis zur Eichel, nahm einen Lusttropfen mit auf ihrem Weg hinaus aus der Hose und hinauf zu ihrem gierigen Mund. Elegisch leckte sie über ihre Handinnenfläche vom Handballen bis hinauf zu den Fingerspitzen, führte sie in der Mitte zusammen, bevor sie mit der Zungenspitze noch einmal über ihre Fingerkuppen schleckte. Die wispernden Stimmen flirrten um den erregten Charles und flüsterten ihm Obszönitäten ins Ohr, während er Madames konzentriertem Schauspiel zusah. Wie sie mit geschlossenen Augen seinen Geschmack genoss, ihn zelebrierte. Wie zu einer Weinprobe spitzte sie ihren Mund und rollte langsam die Speichel/Schweiß-Mixtur unter ihrem Gaumen hin und her. Auf ihre grotesk-erotische weise füllte sie das Gemisch in eine weitere Amphore. Als sie sie abstellte, konnte Charles endlich erkennen, was sich in dem seltsamen Behältnis unter der Rotlichtlampe befand…Es trug die Form eines Fötus. Aber es war kein rein menschlicher Fötus. Charles fragte sich, ob es ein Tier sein konnte, doch ein solcherart gestaltetes Tier fand sich nicht im Karteikasten seiner Kenntnis. Und für ein Tier war es doch zu menschlich. Die Proportionen stimmten nicht. Der Brustkorb schien der eines ausgewachsenen Mannes zu sein, insgesamt stark verkleinert zwar, aber viel zu groß und zu breit für einen Fötus. In Relation zum Rest dieser Groteske passten die Gliedmaßen und der Kopf nicht wirklich zusammen mit dem Torso und doch hatte es etwas deformiert menschliches. Die kleinen Fäustchen schwammen scheinbar in einer Art Kampfstellung, wie die eines Boxers. Zwischen ihnen entdeckte Charles die Nabelschnur, die sich in der Flüssigkeit verlor…

Als er die Augen zu einem Blinzeln zusammenkniff, erkannte er…

„Das Ding hat sich bewegt…der Fötus lebt! Das darf doch nicht wahr sein! Was ist hier los, verdammt?!"

Madame drehte scharf ihren Kopf, stieß Charles an den Pfeiler, vor dem er stand und presste ihn mit einer Hand dagegen. „Mach dir nicht so viele Gedanken, mein Lieber!" zischte sie und sank auf die Knie. Mit der freien Hand griff sie in den Schaft

# Nachtschauer

von Charles' Hose und riss mit einem übermenschlichen Ruck die enge Jeans herunter. Charles schrie auf, da sein steifer Schwanz kurz am Gürtel hängen blieb, dann aber sofort wieder von ihm abstand. Ohne Unterbrechung packte sie ihn bei den Hüften, preßte seinen Hintern an den Pfeiler und begann zu lutschen. Er spürte die Anspannung in seinen Pobacken. Wie von Sinnen saugte und leckte sie Charles Schwanz. Schneller und schneller, als sei der Teufel hinter ihr her, blies sie ihn, lutschte jeden Lusttropfen auf und stopfte sich seinen Steifen so tief in den Rachen, wie Charles es bei 2023 Malen noch nicht erlebt hatte. Er glaubte zu verglühen, so sehr besorgte sie es ihm. Madame saugte mit einer Ernsthaftigkeit an ihm, dass er es mit der Angst zu tun bekam. Er war ihr nun völlig ausgeliefert. Hinter seinem Rücken hielt er sich bang an dem Pfeiler fest, der ihn stützte. Ohne diese Gelegenheit, hätten ihm seine Beine den Dienst versagt… Die Geschwindigkeit, mit der sich Madames Kopf vor und zurück bewegte, war von oben gesehen so erschreckend, dass Charles nun große Angst verspürte. Es war eine Mischung aus Angst und Geilheit, die er so bisher noch nicht annähernd kannte, nicht einmal aus Erzählungen anderer. Madames Kopf schnellte vor, zurück, vor, zurück. Ihre großen goldenen Kreolen, klimperten an ihren Ohren, bei jeder Saugbewegung. Plötzlich packte sie fester zu. Ihre langen Fingernägel gruben sich tief in Charles Pobacken. Sie setzte zum Finale an. Jetzt hielt sie den Unterleib starr und fest, umspielte mit ihrer langen, heißen Zunge die Eichel, während ihre Lippen sie umschlossen, bevor sie zu einer Stoßfolge ansetzte, die ihr selbst einen gutturalen Lustlaut entlockte. Kurz, kurz, lang, Kurz, kurz waren ihre Bewegungen. Morsefellatio? Sie stoppte… mit ihren Lippen und ihrer Nasenspitze berührte sie das Schamhaar des Jungen. Der Schwanz steckte tief in ihrem Mund, beinahe im Rachen. In dieser Stellung blickte sie zum ersten Mal zu ihm auf. Ihre Augen glühten durch dunkle Sehschlitze hindurch. Sie blickte ernst drein, sehr ernst. Dann ließ sie ihre Lippen langsam etwas in Richtung Eichel gleiten und umfasste den Rest mit der rechten Hand. Die schwarz lackierten Nägel glänzten im Schein des Feuers. Wie von einem unhörbaren Signal angetrieben, masturbierte sie plötzlich den Schwanz. Charles spürte es sich zusammenbrauen. Ein Brodeln durchfuhr seine Hoden, er konnte nichts tun, als abzuwarten. Es war nicht wie sonst. Bei den anderen Frauen hatte er immer Eindruck geschunden, mit seiner Zurückhaltungskraft. Sein Willen, nicht zu kommen, war berüchtigt. Doch das hier war anders. Es schien, als sei er völlig unbeteiligt. Sie dirigierte seinen Schwanz, seine Geilheit, seine Eier, sein…Sperma! Das war es. Sie brauchte sein Sperma! In einer hektischen Bewegung zog sie den Kopf zurück öffnete den Mund unnatürlich weit und machte es ihm mit der Hand in einer unbändigen Geschwindigkeit, die Charles aufschreien ließ vor purer Geilheit, purem Fallenlassen aller Hemmungen, Ängste, Gedanken. Er tauchte ein in ein reines öffnen aller Schleusen, Brechen aller Dämme. Der Raum um ihn herum verschwamm. Madame verwandelte sich vor ihm in den Urtrieb, Eva, die Schlange, den Apfel, ein schwarzes Loch, alle Frauen, die er je hatte nacheinander, Feuersbrunst. Und schließlich ergoss er sich mit einem zuckenden Urknall in Kopf und Lenden, wie er ihn noch nie zuvor erlebt hatte. Er spritzte und spritzte. In einer Intensität, bei der es ihm erschien, als spritze er *literweise* Samenflüssigkeit in den Mund der Madame. Seine Supernova schien endlos…

Als er wieder in der Lage war, ein Auge zu öffnen, blickte er an sich herab. Madame Maintenant kniete vor ihm und saugte immer noch jeden einzelnen Tropfen aus ihm heraus, spuckte ihn in ein Fläschen, saugte wieder, bis sein bester Freund trocken und ausgedörrt in ihrer Hand erstarb…

Alles, wozu er in der Lage war, war ein hektisches, rastloses Keuchen. Er rang nach Luft und versuchte sich zu sammeln, doch daran war gar nicht zu denken. Sein Körper fühlte sich an, als hätte Madame einen Teil seiner Seele ausgesaugt. Die Wirbel seines Rückrates schienen sich nach innen gewölbt zu haben unter dem Sog, dem sie Sekunden zuvor ausgesetzt waren. Sekunden, Minuten oder doch Stunden? Charles hatte kein Zeitgefühl mehr. Wie lang er nun mit geschlossenen Augen dastand und sich dem unfassbarsten Orgasmus hingab, den er je erlebt hatte, konnte er nicht einmal annähernd schätzen. Er war eben fort gewesen. Eine Astralreise in die Abgründe seiner Libido hatte er soeben unternommen und war kaum

# Nachtschauer

zurückgekehrt, da erhob sich Madame.

Er spürte eine Melange aus Furcht und dem Wunsch sich an diese Frau zu schmiegen. Er hatte das dringende Bedürfnis liebkost zu werden. Bei seinen schnellen Sex-Abenteuern wollte er nach seinem Orgasmus meist einfach nur fort. Oft ging er gleich nach dem er fertig war oder spätestens nachdem seine neueste Eroberung eingeschlafen war. Streicheleinheiten nachdem er sich leergepumpt hatte, waren ihm zuwider. Kuscheln erinnerte ihn an etwas, dass sich wie Liebe anfühlte. Und Liebe war etwas, das ihm die Luft nahm. Er lag jedes Mal da und sah hektisch an sich hinab, wenn die Mädchen ihre schlanken Finger über seine Brust strichen und Zärtlichkeiten auf seinem nackten Körper verteilten. Sein Atem ging flacher und er spürte diesen Druck, der sich auf seine Seele legte. Er spürte die Enge des klaustrophoben im Fahrstuhl. Oft hatte er versucht liegen zu bleiben, doch je zärtlicher die Mädchen wurden, desto schneller musste er sich anziehen und gehen. Einmal hatte er sich übergeben müssen, als eine Gespielin seine geschlossenen Augen küsste. Ekel und Enge waren alles, was er für Nähe empfand. Er hinterließ viel Schmerz, Verwirrung und vernarbtes Selbstwertgewebe. Doch heute war es anders. Heute sehnte er sich nach der Berührung dieser Frau. Er wünschte sich in ihren Armen einzuschlafen, ihre Umarmung zu spüren und ihre Wärme mit in die Nacht, mit in den Traum zu nehmen. Er erkannte sich selbst nicht, denn er erkannte dieses Gefühl nicht. Es war schön und schmerzlich zugleich, er verlangte, er sehnte, aber er konnte es nicht formulieren oder zeigen. Selbst wenn er in der Lage gewesen wäre, diese Sehnsucht auszudrücken, in Wort oder Geste. Es hätte ihm nichts genutzt...

Denn streng schaute ihm die Madame ins Gesicht, fasste mit der Masturbationshand seinen Unterkiefer, drückte seine Wangen nach innen und sagte mit einer eisigen Bestimmtheit: „Du wirst nun gehen, mein Lieber! Du gehst und bringst mir das Blut einer Jungfrau. Sie muss es durch Defloration vergießen…Du verstehst?!" Madame kam noch näher und es lag nicht einmal der Anflug eines Lächelns auf ihrem Gesicht.

„Nein…ich… verstehe nicht so ganz…" antwortete Charles mit einem Bruch in der Stimme, der

stellvertretend für Furcht und Verwirrung stand.
„Du gehst jetzt und wirst ein Mädchen entjungfern. Es wird bluten…Von diesem Blut bringst du mir etwas. Falls nicht, kannst du deinen Haaren Lebewohl sagen…Und nicht nur denen! Geh jetzt, sofort!"
Charles zog seine Hose hoch und blickte Madame verschüchtert an. Er blickte noch einmal auf den Fötus im Glas. Der Raum mit seinem bizarren Inhalt, war plötzlich eine einzige Reizüberflutung. Madame wies mit einer strengen Fingergeste auf den Ausgang. Charles nestelte nervös an seiner Hose und sagte: „O.k. ich geh dann mal…" Madame stand wortlos da und wies auf den Ausgang. Charles fühlte sich nackt, benutzt und auf eine seltsame Art kalt. So hatte er sich nach Sex noch nie gefühlt, dachte er, als er mit flatterndem Hemd und hängendem Gürtel durch den Zwischenraum stakste. Er schob den samtenen Vorhang beiseite und trat hinaus ins Freie.
Es war düster draußen. Um das Zelt der Madame waren alle Lichter erloschen, jegliche Geräusche verstummt. Er muss die halbe Nacht in diesem Zelt verbracht haben. So spät war es nicht gewesen, als er das Zelt betrat, dachte er und schaute auf seine Uhr. Sie war wieder normal, die Zeiger zeigten wie immer die Uhrzeit an. Es war kurz vor fünf Uhr früh. Mitten in der Nacht. Hatte er sich das Schmelzen der Ziffern eben nur eingebildet? Was war mit seinen Sinnen da drin passiert. Mehrere Stunden war er offenbar im Zelt gewesen, dachte er und griff sich in den Schritt. Sein Schwanz war spürbar benutzt worden. Er spürte dieses paradoxe Gefühl von Wundheit und befreiter Leere, dass er von seinen „normalen" Sexabenteuern kannte. Er hatte sich das ganze also nicht eingebildet, er hatte eben einen geblasen bekommen! Und das, wie nie zuvor…
Er schaute in den Himmel. Die Sterne strahlten hell über ihm und es schien, als seien sie in einer Kuppel über seinem Kopf gespannt. Er sah die Wölbung der Erde. Er konnte erkennen, dass die Erde eine Kugel war und dass der Himmel sich über ihm erstreckte, wie in der Glaskugel eines Schneegestöbers. Er atmete tief die Nachtluft, als mit einem Mal alle Sterne verschwanden. Es war als hätte sie jemand ausgeschaltet. Mit dem Verschwinden der Sterne, erlosch auch das Licht um Madames Zelt herum. Nun stand er in völliger Dunkelheit da. Er konnte deutlich spüren, wie sich Gänse-

haut auf seinem Rücken und auf seinen Armen bildete. Er musste fort von hier und seine Gedanken sammeln. Denn er begann gerade an seinem Verstand zu zweifeln…

Verstört lief Charles durch die Nacht. Erst als er zu Hause ankam und erschöpft ins Bad schlurfte, bemerkte er, dass er seine Kappe verloren hatte. Er musste sie wohl bei Madame gelassen haben, als sie es ihm besorgt hatte. Von diesem Moment an, hatte er seine Sinne eh nicht mehr beisammen gehabt. Nun stand er vor dem Spiegel und betrachtete sich. Er wirkte wie jemand, der drei Tage nicht geschlafen hatte. Die Ränder unter seinen Augen sprachen für sich und insgesamt machte er einen ausgemergelten Eindruck auf sich. Er sah aus, wie er sich fühlte: Erschöpft und ausgelutscht…Wobei ihm die Nähe des Wortes zur Realität auffiel und er in ein heiseres Lachen einstimmte, das auf seinem Bett in einem bleiernen Schlaf endete…

Als das Schwarz seines Schlafes am dunkelsten war, öffnete sich

# Nachtschauer

am Horizont ein kleiner, heller Punkt. Wie in einem Tunnel schoss er auf ein Bild zu, dass sich immer weiter zu öffnen schien. Er war unaufhörlich unterwegs, hinein in einen Traum. Er stürzte in eine Szenerie, die ihm bekannt vorkam. Er war… zu Hause, bei seinen Eltern. Noch etwas verschwommen, aber er konnte die Küche erkennen. Dieses Saubermann-Weiß. Eine Einbauküche wie aus einem „Schöner Wohnen" Heft. Die Küche, in der er früher unzählige Schulbrote geschmiert hatte und mit den Jungs Pizza und Alkoholschweinereien angestellt hatte, wenn hier „Sturmfrei" war. Sie saßen allesamt am Küchentisch und aßen den Kuchen, den er mitgebracht hatte. Charles trank einen Schluck Kaffee, Vater erkundigte sich nach seinem Job, Mutter fragte, wann er denn endlich heiraten wolle. Es war wie immer… Ornella, Charles' kleine Schwester kam stolz die Treppe hinunter und wollte wissen, was der große Bruder zum neuen sexy Outfit sagte. „Für eine gerade mal 18-jährige ganz schön gewagt, meine Liebe!" sagte Madame Maintenant und schenkte Charles frischen Kaffee nach. Sie lächelte…

Er erschrak so, dass er mit dem Stuhl zur Seite rutschte. Plötzlich lachten alle und das Lachen wurde so laut, dass er sich die Ohren zuhalten musste, doch es sollte nichts nützen. Er presste die Augen zu. Als das Lachen verstummte, öffnete er die Augen wieder und die Gesichter tanzten vor ihm, ergossen sich erneut in einen Schwall aus verzerrtem Gelächter. Mutter, Vater, Madame Maintenant und schließlich seine kleine Schwester Ornella. Es war ein Chorus aus Gelächter, der ihn beinahe in den Wahnsinn trieb. „Und? Bist du erregt?" flüsterte seine Schwester. Sie alle lachten und lachten und lachten. „Hattest du schon eine Jungfrau?" „Bin ich die erste?" Hahahahaha-hahahahahahahahhahahahhaha-hahahahahhahahahahahahaha…..

Er wachte in der Hitze seines eigenen Schweißfilmes auf. Er war nass und außer Atem. „Ornella!" rief er panisch. Er zitterte am ganzen Körper, saß aufgerichtet im Bett und musste im Halbdunkel des Zimmers erst einmal sondieren, wo er war.
„Ja!?" sagte eine leise Stimme neben ihm weinerlich. Als er sich umdrehte, blickte er in das Gesicht seiner kleinen Schwester. Sie war fast nackt. Ebenso wie er selbst. „Was, was ist passiert?" fragte Charles ängstlich. Ornella schluchzte. „Hab ich dir etwas getan? Sag schon!" Sie versuchte zu antworten, konnte jedoch nicht. Charles schaute an sich hinab und entdeckte das Blut zwischen seinen Beinen. „Oh mein Gott!" sagte er und berührte Ornella an der Schulter. Sie zuckte zusammen und sagte: „Du hast mich…du hast…ich wollte das nicht! Du hast gesagt, ich könnte bei dir schlafen. Aber doch nicht mit dir…" Sie brach in Tränen aus und Charles wusste nicht, was mit ihm geschah. Seine kleine Ornella. Immer hatte er sie beschützt. Sie war das einzige, für das er (neben sich selbst) so etwas wie Liebe empfand. Er hatte schon früh geschworen, immer auf sie auf zu passen und achtete penibel darauf, welche Kerle ihr zu nahe kamen. Er wollte nie, dass sie ihre Unschuld an irgendeinen halbstarken Wichser verlor. Wie oft hatte er ihr eingerichtet, dass Jungs nichts anderes als Vieh seien, immer darauf aus, ihr an die Wäsche zu gehen und sich an ihr zu befriedigen…?! Triebhafte Tiere, denen sie in die Eier treten sollte, wenn sie ihr zu nahe kämen. Sie sollte sich nicht ausnutzen lassen, von den Typen mit den leeren Versprechungen. Interessant war daran, dass Charles bei seinen Ausführungen of-

fenbar mit zweierlei Maß wertete, wie es so viele Männer taten. Wäre er etwas reflektierter an das Leben an sich herangegangen, hätte ihm auffallen müssen, dass er der Typ Mann war, vor dem er seine Schwester warnte. Zudem hätte ihm auffallen können, dass die Fürsorge irgendwie unangebracht war, wenn man nicht selbst in der Lage war, das übergeordnete an der Sache zu sehen. Denn letztlich gab es keinen Unterschied zwischen Schwester, Mutter, Cousine, Tante, Tochter und irgendwelchen anderen Frauen. Sie alle waren Schwestern, Mütter, Cousinen, Tanten, Töchter. Doch wenn das Band des Blutes nicht im Spiel war, galten diese Regeln offenbar nicht und man konnte sie behandeln, wie den letzten Dreck. Ein eisiger Trugschluss unter dem hitzigen Mantel der Ehre, der sich oft fand in der Fauna der Triebe. All dies ging Charles nicht durch den Kopf. Denken, war inmitten der Panikattacke hinter seiner Stirn momentan nicht möglich. Er war lediglich fähig zu den Empfindungen Abscheu, Schuld und Scham...

Er stürmte ins Bad, knipste das Licht an und ließ sich auf den Waschbeckenrand sinken. Er musste sich stützen. Die Erkennt-

# Nachtschauer

nis des Geschehen zog an ihm, wie tonnenschwere Gewichte. Er fühlte die Erdanziehungskraft um ein Vielfaches. Am liebsten wäre er einfach umgefallen, doch er musste sich sammeln, musste sich zusammenreißen. Also drückte er sich auf dem Waschbeckenrand hoch. Die Knöchel traten hervor und liefen rot an vor Anstrengung. Er hievte seinen verzweifelten Körper vor den Spiegel. Er zwang sich, den Blick auf sich selbst zu richten. Auf seinem vor Niedergeschlagenheit schlaffen Körper straffte sich der Hals, um Halt zu bieten für einen Kopf, der sich dagegen wehrte, aufrecht in den Spiegel zu blicken... Er sah in einen Zustand, nicht in ein Gesicht. Wirr und wie nach einem Saufgelage blickte er auf Augenränder, geweitete Pupillen und blasse Haut. Als seine Augen seinen Mund erreichten, spürte er, wie sie sich mit Tränen füllten und aufquollen, zu einem reinigenden Rinnsal aus salziger Seelenflüssigkeit. Denn was er sah, verschaffte ihm Klarheit darüber, was er anscheinend kurz zuvor getan hatte. Sein Mund wurde umspielt von tiefroten Spritzern, sein Mund lag zitternd in seinem blassen Gesicht, wie eine frisch verursachte Wunde. Ein schmaler Streifen der glänzenden Flüssigkeit, hatte seinen Ursprung im Mundwinkel, wurde Unterbrochen von einem ruckhaften breiten Wischer Richtung Kinn, um dort über die Spitze in einem dicken Ausläufer unterhalb des Kiefers zu enden. Vorsichtig streckte Charles die Zunge heraus. Sie war bedeckt mit dem Schamblut seiner Schwester. Jetzt fiel ihm auch dieser seltsam süßlich-metallische Geschmack auf... Er schloss die Augen, wie gegen einen tosenden Sturm. Doch dieser Sturm gebar sich in seinem Inneren. Er konnte die Augen vor seiner Tat nicht verschließen. Er hatte zwischen den Beinen seiner Schwester Ornella gelegen und dort... Er war in ihre Jungfräulichkeit eingedrungen. Er hatte ihr Häutchen durchstoßen. Dann hatte er von ihrer Frauwerdung gekostet...

Nicht so wie das Insekt den Blütenkelch bestäubte und dabei etwas Nektar mitnahm, sondern so als risse der Blumenhändler die Pflanze aus dem fruchtbaren Boden und extrahierte die Pollen, die ihm neues Haar schenken sollten…

Er riss die Augen auf! Er betrachtete seinen Kopf und sah wieder die Fleischinseln zwischen dem sonst wirr abstehenden Haar. Er konnte nicht fassen, dass dies alles gerade tatsächlich geschah. Er schaute an sich herab und sah das Blut, das überall um seinen Unterleib klebte. An seinem Schwanz, in seinem Schamhaar, an seinen Schenkeln. Er erschrak. Es war alles ihr Blut. Ein Ruck durchfuhr seinen Magen. Der rebellierte, wollte alles hochwürgen, doch die Magensäure kam nur bis hinter den Gaumen. Charles spürte die bittere Flüssigkeit emporsteigen, hinauf zu seinen Geschmacksnerven um gleich wieder hinab zu sinken. Sein Herz polterte, ihm war übel, er musste sich setzen. „Was hab ich getan?" fragte er sich und ließ sein Gesicht in seine Hände sinken. Panisch sprang er auf, drehte den Wasserhahn bis zum Anschlag und nahm sich vor sein Gesicht zu waschen…da sah er wieder die Fleischinseln im Spiegel. Langsam griff er in sein Haar, berührte die helle Stelle, erfühlte mit Zeige- und Mittelfinger die Kopfhaut. Während er so tastete, verfing sich eine Strähne zwischen seinen Fingern und er konnte ohne Anstrengung ein Büschel ablösen.

Panik und Wut stiegen in ihm auf. Er drehte den Wasserhahn ab. Von einem Regal unter dem Spiegel ergriff er einen Becher. Er sammelte im Mund seinen

# Nachtschauer

Speichel, schabte mit den Zähnen den Blutfilm von seiner Zunge und spuckte das Gemisch in den Becher. Er fuhr mit dem Rand des Bechers über sein Bein und versuchte, noch nicht getrocknetes Blut abzuschaben. Unter seinem Kinn war es noch relativ flüssig. Also füllte er auch hier etwas davon ab, bevor er einen Waschlappen zur Hand nahm. Er wusch seine Innenschenkel und seinen Schwanz mit wenigen Tropfen Wasser. Gerade genug, um das getrocknete Blut wieder zu verflüssigen. Charles drückte den Schwamm über dem Becher aus und hatte auf diese Weise bereits eine beachtliche Menge Blut gewonnen. Er war wie im Wahn. Da hörte er die Badezimmertür zuknallen. Er schreckte hoch, wie aus einem seltsamen Schlaf erweckt. Charles hörte auch die Wohnungstür zuknallen und wusste sofort, dass Schwesterherz ihn beobachtet haben musste. Hektisch stellte er den Becher auf die geschlossene Toilette und hastete hinaus. Er griff seine Hose, sprang halb hinein und rannte aus seiner Wohnung, seiner kleinen Schwester hinterher…
„Warte! Bitteee…" rief Charles in den Flur. Doch das Geräusch der sich schließenden Haustür informierte ihn darüber, dass es zu spät war. Mit freiem Oberkörper, barfuß und blutverschmiert stand er nun da. Mitten im Treppenhaus. Als er sich umdrehte, blickte er in die Augen von Frau Ludwig, seiner 78-jährigen Nachbarin. Eine ehemalige B-Schauspielerin der Cinecittà, die in ihren lang vergangenen Blütejahren meist Opfer von schwarz behandschuhten Killern spielte, nachdem die Kamera sie ausgiebig beim Ausleben ihrer lesbischen Tendenzen beobachtet hatte. Dieser Umstand und die Tatsache, dass sie damals aus Liebe heimlich den Namen ihres deutschen Ehemannes annahm, sorgten dafür, dass sie seither zu keinem der üppigen Familienfeste mehr eingeladen worden war. Ihren musikalisch klingenden Mädchennamen „Malastrana" tauschte sie gegen den deutschen „Ludwig", als ihre Karriere nach blutigen Western, bereits über die Sexkomödie hinaus war. In Italien kannte man den seltsamen Klang nicht, der in Deutschland mitschwang, wenn der Nachname gleichzeitig ein Vorname war. Etwas wie „Klaus Ludwig" klang im Land der Dichter und Denker immer etwas suspekt und der Mensch dazu war es in der Regel auch. Als fehle ein echter Nach-

name. Als hätte man es mit einem „Zwei-Vornamen"-Menschen zu tun, den man aber nicht dutzte... Eltern mit einem seltsamen Sinn für Geschmack, gaben ihren Schützlingen gar Bindestrichdoppelnamen. „Hans-Hartmut Ludwig". Wie sollte ein Junge mit drei gerufenen Vornamen eine gesunde Identität entwickeln? Wie seltsam hier „Frau Heinz", „Frau Klaus", „Frau Werner" oder eben „Frau Ludwig" erschien, erklärt sich wohl von selbst! Die Aussprache "Signora-Ludewick", wie man es hier in Rom tat, machte die ganze Sache nicht wirklich besser...
Mittlerweile war „Herr Klaus Ludwig" jedenfalls verstorben. Er hatte sich an einer sizilianischen Salami verschluckt. Gemeint ist hier kein „Familien-Code" für einen, von der Mafia geführten, Gummi ummantelten Eisenkern der allgemein als Totschläger bekannt ist und wieder und wieder auf das Gesicht des armen Deutschen herniederging. Nein, gemeint ist ein Stück sizilianischer Salami, dass er sich beim romantischen Frühstück in einem der römischen Stehcafés mit seiner Liebsten teilte, es aber leider zu hastig hinunterschlang. Es geriet in die Luftröhre und auch der Schnitt gleich vor Ort, knapp unter dem Kehlkopf konnte ihm nicht mehr rechtzeitig Sauerstoff in die Lungen transportieren...Etliche Male hatte seine Frau in ihren Filmchen sterbende im Arm gehalten. Blut überströmt, stammelten sie oft letzte rührende Worte, bevor ihr Kopf zum dramatischen Anschwellen der Musik zur Seite fiel. Doch in der Realität war dies eher erbärmlich, ja fast schon lächerlich anders. Am Boden des Stehcafés liegend, röchelte ihr „Zwei-Vornamen-Mann" mit einem blau anlaufenden Kopf und versuchte verzweifelt das Stück Salami hoch zu würgen. Das Geräusch erinnerte die Umstehenden an jemanden, der aus Versehen Kloreiniger getrunken hatte. Hinzu kam das stete Trommeln von Frau Ludwigs Fäusten, die auf den Brustkorb ihres erstickenden Gatten niedergingen, bei ihrem verzweifelten Versuch mit Druck die Salami aus der Luftröhre heraus zu prügeln. Nichts nützte. Irgendwann fiel der angeschwollene Kopf mit den hervorquellenden Augen tatsächlich zur Seite. Doch keine emotionsgeladene Streicher-Musik setzte ein. Lediglich das Caféradio dudelte in das Sterben hinein aus Versehen den Schlager „Felicità" bis sich jemand erbarmte "Albano und Romina Power" auszuschalten...

Frau Ludwig begann seither ihren Tag mit Mittagessen, da sie beim Geruch von Kaffee weinen musste... Anstelle von salziger Salami behalf sie sich fortan mit Sardellenpaste in ihren Speisen...

Die hatte sie gerade für ihre Minestrone-Suppe eingekauft, als Charles' weinende Schwester mit offener Bluse und zerrissenem Rock im Treppenhaus an ihr vorbei rannte...

„Ich rufe die Polizei! Was haben sie mit dem armen Mädchen gemacht?"

„Wie? Nein, ich…Das war meine Schwester!"

Die Nachbarin sah ihn mit zornigen Augen an und rammte Charles einen Schirm zwischen die Beine. Noch einmal und ein weiteres Mal. Er schrie und krümmte sich vor Schmerzen. Sie schlug dem nach vorn gebeugten, von oben auf den Hinterkopf. Charles blutete aus einer Platzwunde. Eine seiner Fleischinseln war aufgeplatzt. Er riss die Arme hoch, um die Alte abzuwehren. Sie schlug weiter auf ihn ein.

„Hilfe, hilfe…" schrie sie schrill in den Flur hinein. Panisch versetzte er ihr einen Stoß. Sie prallte gegen die Wand und gab ein dumpfes Geräusch von sich, bei dem klangvoll Luft aus ihrem Gesicht entwich. Unter Schmerzen schrie sie noch schriller.

# Nachtschauer

Charles packte sie, presste ihr eine Hand auf den Mund und versuchte sie zur Ruhe zu bringen. Hektisch blickte er nach links und rechts, als er eine Tür hörte, gefolgt von einer männlichen Stimme. „Was ist da los?" rief der füllige Anwalt aus der 5. Etage zu ihnen hinunter. Charles wuchtete die zappelnde Nachbarin über den Gang rüber zu seiner Wohnungstür. Sie stand immer noch offen. „Gott sei dank!" dachte Charles. Unter seiner Hand schrie und wand sich die Frau wie eine Irre. Mit einem Fuß schob er die Tür zu und zerrte die Alte in sein Wohnzimmer. Rückwärts polterte er mit ihr gegen den großen Glastisch, fiel hinein und brach ihr im Sturz das Genick. Von der keilförmigen Glasscherbe, die sich durch ihren Nacken bohrte, spürte sie nur noch ein ruckartiges Zwicken. Es war als würde man ihr ein Ohrloch stechen, nur eben im Nacken…

Dieselbe stoßende Bohrbewegung spürte sie, kurz nachdem sie dieses überlaute, endgültige Knacksen vernahm, das unschwer auf das Ende ihres Genicks und somit auf das Ende jeglicher Beziehung zwischen ihrem Hirn und dem Rest des Körpers hindeutete. Als

33

die keilförmige Glasscherbe kurz von innen an ihrem Kehlkopf hängen blieb, tauchte Frau Ludwig bereits ein in das gleißende Licht, welches alles überstrahlte, ihr ein Versprechen auf ein Wiedersehen mit ihrem Salamimann gab und sie vor allem vor dem Anblick der folgenden Sauerei bewahrte…

Die Glasscherbe verschob sich nämlich unter dem Widerstand des noch kämpfenden Kehlkopfes so ungelenk, dass sie abdrehte und nun horizontal die rechte Seite des Halses vollständig aufriss. Sehnen, Muskeln, bis hin zur Halsschlagader. Und als diese durchtrennt war, gab es ein großes Hallo im Raum. Denn der Kopf der, sich noch im Fall befindlichen Frau, klappte unter der Mithilfe des Schwungs zur Seite weg, hing nur noch an einem kleinen Fleisch- und Sehnenstrang. Charles blickte auf den seitlich am Halsstumpf hängenden Kopf, riss im Fall vor Schreck die Augen auf und wurde unter einem mächtigen Druck von einem Blutschwall getroffen, der ihn sofort erblinden ließ. Sehr unschön…

Als er zu Boden krachte, fiel der leblose Körper scheinbar zentnerschwer auf ihn und landete mit dem Halsstumpf in seinem Gesicht. Es spritzte, wie aus vielen kleinen Gartenschläuchen und er musste den Mund öffnen, da er durch die vollgespritzten Nasenlöcher nicht mehr atmen konnte. Er schnappte nach Luft, wie ein Karpfen an Land und das Blut der Alten drang in seinen Rachen. Er lag inmitten von Fontänen, die sich in seinen Mund, seine Nase, seine Ohren und seine verkniffenen Augen ergossen. Der Druck öffnete kurz seine Lider unfreiwillig, sodass er für den Bruchteil einer Sekunde wie durch einen roten Schleier sah. Dies war der Moment, in dem er kreischen musste… Er kreischte, wie noch nie zuvor. Er schrie, wie ein kleiner Junge, der von seinen Eltern fortgerissen wurde. Er schrie sich die Lungen aus dem Brustkorb, just füllten auch sie sich mit Blut. Jetzt blubberte sein Kreischen… Panisch strampelnd schlug und trat er den toten Körper von sich. Es knirschte ungesund unter ihm, denn er rieb sich in dem Scherbenteppich auf dem er lag. Bei seinen unwirschen, panischen Versuchen, die Leiche von sich zu strampeln, richtete er sich auf und stützte sich auf den Scherben ab. Zuerst bemerkte er in all dem Rot an sich und um ihn herum, nicht, dass es sein Blut war, das da unter ihm sickerte. Er hatte sich die Pulsader angeritzt und es schwappte warm unter seinem

Handgelenk. Bei seinem letzten Schlag gegen den zerfetzten Körper spürte er einen stechenden Schmerz und sah den klaffenden Schnitt in seinem Handgelenk. Er wollte aufspringen, doch da spürte er einen Widerstand knapp über seinem Steiß. Er griff mit der anderen Hand nach hinten und erfühlte etwas, das ihm einen kalten Schauer schickte. Einen Schauer, der gussartig die Erkenntnis des Körpers ankündigt, dass etwas ganz übles passiert war. Adrenalin pumpte durch seine Venen. Die Lupenfunktion seiner Fingerspitzen, ließ in seiner Gefühlswelt die in ihm abgebrochene Scherbe zu einer halben Glasscheibe heranwachsen. Er tastete und spürte den rauhen Bruch am Ende des Glases. Wie weit dieses Stück in seinen Steiß hineinreichte, konnte er nur erahnen. Doch diese Ahnung trieb ihm ein Pochen in den Hals und sämtliche Magensäfte aus dem Gesicht. In einem hektischen Schwall übergab er sich auf die tröpfelnde Leiche, die hier und da noch zuckte und zappelte. Er übergab sich sogar noch, als bereits nichts mehr in seinen Eingeweiden geeignet gewesen war, hinaus befördert zu werden. Also würgte er und ließ seinen Magen noch ein wenig weiter pumpen. Ihm blieb nichts anderes übrig.

# Nachtschauer

Der Geschmack in seinem Mund, war einzigartig. Nicht in der Art einzigartig, wie er es den Kellnern in den feinen Restaurants zu sagen pflegte. Nein, dieser Geschmack war einzigartig auf eine Weise, auf die eine Mischung aus Blut und Erbrochenem nun mal einzigartig ist, wenn man einen solchen Cocktail in seinem bisherigen Leben ausgespart hatte…

Charles weinte, jammerte und blubberte. Als er ausgewürgt hatte, fing er sich und sah auf seinen Unterarm. Er musste aufstehen. Der Blutverlust machte ihm bereits zu schaffen. Knirschend und kratzend erhob er sich erschöpft aus dem Blut- und Glastrümmerfeld. Er zog sich am Gestell des Tisches hoch und kam langsam, zitternd auf die Beine. Er stieß Schmerzseufzer aus, als er barfuß auf die Splitter trat. Blutüberströmt ging er Richtung Bad. Er musste sich an der nächstbesten Wand abstützen, sonst wäre er wieder zusammengebrochen. Als er weiterging, hinterließ er einen blutigen Abdruck seiner Hand an der weißen Wand, aber das war ihm egal. In einem Blitzgedanken, sah er die Rolle mit weißer Farbe herüber huschen, die irgendwann, wenn wieder alles o.k. sein würde und dieser Albtraum vorbei war, von einem Anstreicher geschwungen, seine Wand in den Urzustand versetzen würde. Er erreichte das Bad und stürzte vornüber auf den kleinen Schrank zu, indem er Verbandszeug untergebracht hatte. Er griff eine Rolle Mull und umwickelte sein Handgelenk so fest, dass er die Zähne zusammenbiss. Er hatte nicht die Pulsader getroffen, sondern eine von den Nebenadern. Ihm lief die Nase. Er zog hoch und roch das metallene im Blut. Sein Atem ging ungleichmäßig und schwer. Er starrte wie besessen auf die Hand und umwickelte fester und fester seine Wunde. Er riss mit den Zähnen ein Stück starkes Pflaster ab und klebte damit das Ende fest. Dabei machte er das Geräusch eines Kämpfers, der seinen Widersacher einschüchtern will. Kampfgebrüll gegen einen Verband. Er war dem Wahnsinn nahe. Plötzlich waren da keine Schmerzen mehr. Plötzlich waren da keine Bedenken mehr. Plötzlich war da nur noch pure Kraft. Wie der vom Hai attackierte Schwimmer plötzlich Höchstleistungen vollbringt, drehte sich Charles um und blickte in den Spiegel. Kein Zeichen von Erschöpfung, kein Schmerz. Er blickte sich in die Augen und was er sah, war ein blutiger Trümmerhaufen mit einem stechenden Blick, der nur eins verhieß: Entschlossenheit!

Er wischte sich mit der Hand durch die Haare und richtete debil eine Strähne, die albern von seinem Kopf abstand. Bei seinem Streich fühlte er einige kleine Scherben, die er mit nahm und die an seinem Hinterkopf angekommen, klirrend zu Boden krachten. Er leckte über seine Hand, blickte sich starr an und strich einige Haare mit seiner Spucke glatt. Dann drehte er sich Richtung Tür und trat hinaus.

Die Leiche lag inmitten der Scherben. Es funkelte um sie herum, da genau über ihr eine Deckenleuchte so hell erstrahlte, dass sich das Licht in tausenden Facetten brach und ihr einen Glanz verlieh, der wie eine schillernde Aura wirkte. Im Zentrum dieser Aura war Blut – viel Blut. Überall Blut…

Sie war ein Körper mit Halsstumpf, an dessen Seite der Kopf an einem fleischigen Faden hing.

Einige Tropfen Blut sickerten immer noch aus dem geöffneten Hals. Der Kehlkopf war freigelegt und ruhte fleischig rot in seiner Mulde.

„Sie muss fort!" schoss es ihm durch den Kopf.

Von all dem, was in diesem Zimmer lag, konnte Charles nichts mehr gebrauchen. Teppich, Tisch, Stehlampe – alles war voller Blut und Splitter… Entschlossen ging er in die Abstellkammer. Mit einer blutverkrusteten Hand zog er an der kleinen Strippe, die das Licht anschaltete. Er stand vor einigen Regalen. Er stieg auf eine kleine Trittleiter und tastete nach seinem metallenen Werkzeugkasten. Er war kein wirklich begnadeter Handwerker, aber er hatte ein Faible für Basteleien und vor allem für Werkzeug. „Tool Time", rief er mit übertriebener, fast irrsinniger Mimik und wuchtete die schwere Kiste aus dem oberen Regal. Es schepperte und rappelte und er sog Luft durch die Zähne, da seine Hand schmerzte vor Anstrengung.
Er setzte die Kiste krachend auf. Gleich oben auf lagen einige Zangen und Schraubendreher, doch das war nicht, wonach er suchte. Er klappte die Kiste auf und sie vergrößerte ihr Volumen. Die Sicht war nun frei für den Blick auf eins seiner Lieblingstools: Die Laubsäge!
Große, grobe Zähne, wie die eines Hais, reihten sich nebeneinander, um mit brachialer Gewalt alles unter sich zu zerreißen…

# Nachtschauer

Er atmete zweimal tief ein, dann setzte er an. Zuerst das linke Bein. Auf den Scherben kniend, packte er die Leiche am Hüftknochen und setzte die Säge an der Leiste an. Es war ein sehr surreales Geräusch, das an sein Ohr drang. Es klang, als würde er Brot schneiden und ständig klatschte ihm jemand Götterspeise gegen das Messer… Zuerst sah er noch einige Sehnen und Muskeln, doch je tiefer er eindrang, desto dunkler wurde es, da hier unten noch Blut übrig war…
Plötzlich kam er ins Stocken… Die Knochen. Sie machten ihm schwer zu schaffen. Er überlegte kurz, ob er einen Fuchsschwanz holen sollte, aber ihm fiel schnell die Absurdität dieser Idee auf, da der Fuchsschwanz viel zu klein war, für das mächtige Bein, in das er sich gerade hineinarbeitete. Die Dame war ein zäher Brocken und offenbar frei von Osteoporose…
Also sägte er den Knochen nur an und brach den Rest. Mit einem Ruck hatte er das Bein dann abgerissen und legte es zur Seite.
Das zweite Bein ging ihm schon flotter von der Hand. Er legte es zu dem anderen. Er musste kurz über sich selbst schmunzeln, da ihm wieder einmal auffiel, welch

ein Gewohnheitsmensch er doch war. Genau wie er sonst entsprechende Schrauben zueinander gesellte, tat er dies nun auch mit den Körperteilen. „Ordnung muss sein!" sagte er sich und machte sich an die Arme. Diese waren relativ leicht. Hier machten ihm nur die Schultergelenke etwas zu schaffen. Mittlerweile empfand er so etwas wie Spaß an seiner Bastelei.„Organisches Heimwerken" dachte er und lächelte selbstzufrieden…
Für den Torso stand er auf und ging noch einmal rüber zur Werkzeugkiste. Er griff sich einen Spachtel, der ihm aber irgendwie unpassend erschien…Vor dem Teppichmesser grauste es ihm. Zu Schlachterhaft und außerdem wollte er irgendwie drum herum kommen, den Bauch öffnen zu müssen. Wieder übergab er sich…aber diesmal nur ein bisschen!
Er wischte sich über den Mund und ging in die Küche. Unter der Spüle, hatte er einen Feuerlöscher und eine Axt. Er griff sich beides und schleppte es ins Wohnzimmer. Er nahm den Feuerlöscher, zog den Sicherungsstift und drückte ab. Er schäumte den Rumpf der Leiche von Hals bis Unterleib mit Löschschaum ein. Er wollte die Eingeweide beim Zerlegen nicht sehen müssen. Er konnte in keiner Metzgerei Leber und Nieren ertragen, die in der Auslage angeboten wurden. Wie ginge es ihm dann erst bei Darm, Magen etc.? Hinzu kam, dass sein eigener Magen mittlerweile so leer war, dass er nur noch schmerzhaft hätte würgen können. Dies wollte er vermeiden…
Während er schäumte, sah er sich im Raum um. Es war ein Bild, zu bizarr um wahr zu sein. Zu grotesk, um gerade tatsächlich in seiner Wohnung stattzufinden. Die Arme der bedauernswerten Frau, lagen auf einem Designer-Ledersessel mit Chrombeschlägen. Beides war blutverschmiert. Die Beine der Alten lagen auf der teuren roten Ledercouch. Sie könnte er später eventuell noch benutzen, dachte er kurz. „Abwaschbar und rot auf rot…Hm..." Den Kopf hatte er bereits flott abgerissen, ohne in die toten Augen zu schauen. Der lag nun neben den Armen und schien mit offenem Mund und vor Entsetzen geweiteten Augen die Ekel- erregende Szenerie zu beobachten. Der Kopf schien, als würde er jeden Moment einen langen tiefen Seufzer von sich geben, der Charles auf Schritt und Tritt verfolgen würde, ja, der ihn jagen würde, bis an sein Lebensende oder spätestens bis in den Wahnsinn…In der Mitte des Raumes lag nun

inmitten der Millionen Scherben und Glasstücke ein weißer Schaumhaufen, der hier und da rote Stellen aufwies…Er musste den Torso teilen. Zerkleinern, um ihn irgendwie verpacken zu können. Er überlegte: „In Plastiktüten, Müllbeuteln oder in diese klappbaren Plastik-Kisten? Fuck! Die Geschichte von dem blöden Stolper-Unfall wird mir niemand abkaufen…zumindest jetzt nicht mehr. Verdammte Scheiße, warum hab ich eigentlich nicht gleich nach dem Sturz die Bullen gerufen?!" dachte er schwitzend. „Wieso war ich so panisch, ich hab doch gar nichts getan…Maaaaann, fuck fuckfuckfuck!" Er stampfte mit einem Fuß auf und flüsterte schließlich an Frau Ludwigs Kopf gerichtet: „Zu spät, jetzt heißt es: -Schadensbegrenzung-." Wie aus einem deutschen Schnellfeuergewehr setzte er ein stakkatohaftes „Hahahaha!" nach, stellte den Feuerlöscher ab, nahm die Axt und holte zum ersten Schlag weit aus, da klingelte es an der Tür…

Das Geräusch traf ihn wie ein Hammerschlag! Die schrille Glocke durchfuhr seinen gesamten Körper mit einem Ruck, der ihn erstarren ließ. Er stand einfach da, die Axt über dem Kopf erhoben.

# Nachtschauer

Er regte keine Faser seines Leibes. Als sei das Klingeln eine akustische Pausentaste, verharrte er in dieser Position, wie ein Standbild. Er kannte dieses Geräusch nur zu gut. Tausende Male hatte er es bereits gehört und es gehörte zu seinem Alltag. Es klang nach Besuchern, der Post, dem Boten und dem Poliboy, der seine Schuhe brachte. Heute klang es anders. Es klang nach Entdeckung, nach Auslieferung und schlechtem Gewissen. In Charles' Bewusstsein schrillte die Glocke, wie das Krachen unter dem Galgen, das dem Gehängten die Beine ins Nichts stürzte. Seine Türklingel klang nach dem Fallbeil, das hinabsauste, um den Kopf des Verbrechers vom Rumpf zu trennen, er hörte seine Klingel heute, wie das Signal, das den Vollzugsbeamten veranlasste, den Strom einzuschalten und ihm 100 000 Volt auf den Stuhl zu schicken. Es hatte den Klang der metallisch ins Schloss krachenden Tür der Zelle, die sich für ihn wohl frühestens wieder als Greis, wenn nicht sogar auf der Bahre öffnen würde und ein wenig hörte er darin auch das Lustgrunzen seines Zellengenossen, der ihn vermutlich über die spärliche Verrichtungskeramik gebeugt anal missbrauchen würde. Seine Klingel klang heute nach Strafe und Veränderung...

Das zweite Schrillen wirkte wie ein Wecksignal auf das stehende Bild. Plötzlich, wie von einer unsichtbaren Hand angestoßen, nahm er die Axt herunter und machte einen großen Ausfallschritt über den blutenden Schaumberg, hinein in das knirschende Glas der unzähligen Splitter. Vorsichtig spähte er am Fenster, blickte hinunter auf die Straße. Dort war niemand zu sehen. Als es an seiner Wohnungstür klopfte, schrie er leise auf. Mehr ein kieksen, als ein Schreien. Unweigerlich presste sich seine Hand auf den Mund um das Geräusch vollends verstummen zu lassen. Vorsichtig tapste Charles zur Tür. Bei jedem Schritt knirschte es unter seinen Zehen. Die schneidenden Schmerzen unterdrückte er. Dafür atmete er zwischendurch heftig aus. Mit einem Stoß entließ er die Luft aus seinen Lungen. Er brauchte ca. 10 große Ausfallschritte, um die Tür zu erreichen. Angekommen, stellte er sich ganz dicht an die Wand neben der Tür. Er musste sich zwingen, langsam zu atmen. Ihm wurde bewusst, dass er sich aus dieser Nummer nicht herausreden könnte, wenn er es müsste. Im Geiste spielte er seinen Tag durch. Er überlegte, wer ihn wohl besuchen wollte. Hatte er einen Termin vergessen? Er kam nicht dahinter. Da hörte er das nächste Klopfen. „Bist du da?" fragte eine vertraute Stimme. „Ist alles ok?!"

„Oh Gott", dachte er. Es war seine Nachbarin von oben. Sie muss seine Schreie gehört haben…und das Klirren... „Hey Charles…Ist alles ok mit dir? Ich hab dich schreien hören und ein Klirren!" Stella war ganz in Ordnung. Sie wohnte genau über ihm. Genauer gesagt, über seinem Schlafzimmer hatte sie ihres. Diesem Umstand verdankte er es, dass er morgens in den fragwürdigen Genuss kam, ihr beim Sex zu zuhören. Sie war sehr laut, stellenweise. Charles fragte sich, warum sie es immer morgens besorgt haben wollte. Als er selbst es einmal mit ihr gemacht hatte, war es abends gewesen. Wahrscheinlich konnte ihr neuer Liebhaber nur morgens, war nach dem Aufwachen einfach potenter. Oder sie war eine von den Frauen, die morgens am besten kamen…Jedenfalls war ihm das morgendliche Gestöhne mit der Zeit auf die Nerven gefallen. Anfangs hatte er das akustische Schauspiel noch für sich genutzt… Doch vor allem wenn er

# Nachtschauer

frei hatte und ausschlafen wollte, ging es ihm einfach nur auf den Zeiger. „Na und!" rief er durch die geschlossene Tür. „Wenn du dich morgens von deinem Typen bürsten lässt und hier theatralisch die Nachbarschaft zusammenstöhnst, sag ich ja auch nichts!", schnellte es aus ihm heraus. Eine kurze Pause entstand, dann meinte Stella: „Ähm, ich dachte nur… es sei dir etwas zugestoßen. Dein Schrei klang so fürchterlich und das Poltern und Krachen erst…Geht es dir wirklich gut?" Er schlug sich an die Stirn. Es schmerzte, da es die verbundene Hand war. Zu einem tonlosen Schrei riss er den Mund auf und schrie ohne Geräusch in den Raum hinein. Was hatte er da gesagt? Sie machte sich Sorgen um ihn und er zickte ihr was von Sexgestöhne entgegen? „Nein, ich meine… ich wollte nur damit sagen, dass wenn ihr es macht, dann hört sich das für mich manchmal auch nach einem Aufschrei an… Ich, ich habe…"

Gedanken sprangen auf rotierenden Trampolinen durch sein Sprachzentrum, während sie von dem drängenden Wunsch, die Wahrheit unter Tränen hinaus zu Heulen, mit einer emotionsgeladenen Krampenschleuder beschossen wurden!

„…ich hab Besuch, wenn du verstehst, was ich meine. Also, wir waren wohl ein bisschen wild, höhö! Ist aber alles in Ordnung."
„Du hast Damenbesuch? Hab ich nicht vorhin deine Schwester aus dem Haus laufen sehen?". „Ja und gleich danach sind wir über einander hergefallen, weißte…?"
„Und Frau Ludwig? Hat die nicht eben noch mit dir geredet? Mach doch mal kurz auf. Oder seid ihr nackt?"
„Quasi!" Charles sah sich im Raum um und scannte die gesamte Lage. Vor ihm lag ein zertrümmerter Albtraum aus Blut, Körperteilen, Schaum und Scherben…
„Ich kann nicht öffnen. Wir sind nackt, ja…" „Da hast du doch sonst zwischendurch auch kein Problem mit, oder?!"

Sie kokettierte ein bisschen und ließ in ihrer Stimme etwas laszives mitschwingen.
„Ich könnte reinkommen und dann sehen wir, was sich so ergibt…"
Mit einem herausfordernden Unterton, stellte sie klar, dass sie an einer Ménage à trois interessiert

war… Charles schüttelte mit einer verzweifelten Art von Amüsement den sorgenschweren Kopf. „Was war nur mit dieser kleinen Pornonudel los?" fragte er sich und strich sich wieder über das knirschende Haar. Er sah in seinem Kopfkino die Bilder ihres gemeinsamen Sexabenteuers und bekam eine Erektion. Er überlegte, welche Chancen er hätte, das heiße Luder loszuwerden… Sein Kopf kramte in seiner Ausreden-Kartei, doch auf den Stichwortkarten konnte Charles lediglich verschwommenes Geschreibsel erkennen. Er kam zu keiner Lösung und es fiel ihm tonnenschwer zu denken.

Die Geschehnisse brannten ihm ein hohles Loch in's Hirn und so sehr er sich auch anstrengte, es wollte ihm kein klarer Gedanke kommen, außer: „Warum eigentlich nicht? Los werd ich die sowieso nicht…" Er lachte kurz auf und wunderte sich über sich selbst. Er begann eine schizophrene Diskussion mit seiner Libido und wollte wissen, wie sie in dieser Situation auch nur im Entferntesten daran denken konnte Sex zu haben… Als er die Antwort lediglich in Form eines Zuckens seines Gliedes bekam, sagte er: „Na gut, aber du musste dir die Augen verbinden!" „WAS?" rief Stella von der anderen Seite der geschlossenen Tür. „Ja", rief Charles. „Mit irgendwas. Hauptsache, du kannst erst mal nichts sehen…Ü-ber-rasch-schung!" rief er gespielt fröhlich und sah hektisch durch den Türspion. Sie nahm einen dünnen Schal und band ihn sich vors Gesicht. „Alles O.K.!" rief Stella, noch während sie das Tuch an ihrem Hinterkopf verknotete. „Alles O.K.?!", dachte Charles und musste automatisch an einen Kumpel denken, der ihm immer mit seiner positiven Fröhlichkeit auf die Nerven fiel. Der Vater war Italiener, die Mutter Deutsche. Sie hatten sich bei dem Song „TiAmo" 1977 in einer Strand-Disco auf Capri kennengelernt. Lieblingsinsel, Lieblingseis, Lieblingslied. Das kuriose war, dass der DJ damals für die Touristen nicht die italienische Original-Version, sondern die deutsche Variante, des aufstrebenden blonden Sängers Howard Carpendale spielte, der damit über Nacht zum Superstar wurde. Dieser wiederum sang mit englischem Akzent, da er in Südafrika geboren wurde. Ein Südafrikaner sang also in Italien einen deutschen Schlager mit dem Titel „TiAmo". Die Welt war ein seltsamer Ort, schmunzelte der Kumpel jedesmal, wenn seine Mutter diese Geschichte erzählte. Und obwohl dieser

# Nachtschauer

Kumpel kein ausgemachter Schlagerfan war, sang er ständig einen Ohrwurm von Howard Carpendale mit dem Titel „Alles O.K.!". Und Charles erinnerte sich, wie sehr er den Kumpel dafür verabscheute. Eigentlich weil er ihn um die schönen Erlebnisse beneidete, von denen er immer erzählte. Die Frage „Alles ok?!" setzte bei Charles eine Assoziationskette in Gang, die ihm in Sekunden seine Beziehung zu diesem Kumpel und dessen Beziehung zur Welt vor Augen rief. Charles spürte, wie der Neid in ihm hochkochte. Denn sein Freund tat Dinge, die für Charles fern jeglicher Vorstellungskraft waren. Seine eigene Welt war eine härtere. Er sagte immer: „Mach die Scheiße aus!", wenn er im Auto des Kumpels mitfuhr und es wieder „Howie-Zeit" war. Sein Kumpel lachte dann immer und erzählte jedesmal dieselbe Story. Er schwelgte in Erinnerungen von Konzerten dieses Interpreten, bei denen er mit seiner Mutter (bei dem Gedanken schauderte es Charles...) und wildfremden Hausfrauen schunkelnd Evergreens mitsang. Charles Gipfel des Ekels war es immer, dass dieser Typ, der eigentlich Rockmusik liebte, diese Konzerte auch noch genoss. Charles selbst wäre nicht seiner Mutter zuliebe auf irgendeine solche Veranstaltung gegangen, aber dabei auch noch Freude zu empfinden, war für Charles Grund genug aggressiv zu werden. „Alles ok?!" Er hatte den Song so oft gehört, dass er mittlerweile wusste, worum es ging. Eine Zweierbeziehung, wie in den meisten Howie-Songs doch dieser drückte ein besonderes Lebensgefühl aus: „Nicht zu viel nachdenken, irgendwie ist doch alles scheißegal, wenn man es nur zulässt, ist alles cool! Ein Neuanfang steht ins Haus und lass doch einfach mal sehen was wird, dann wird's schon wieder! Alles O.K. eben…" Er spürte wie ihn der Gedanke an seinen Kumpel zum ersten Mal beruhigte. Er dachte: „Was würde fucking Mr. Fröhlich, Mr.-ich find sogar meinen Aidstest positiv-, jetzt wohl tun? Vermutlich erst mal mal ne Runde Howie hörn...?" Bei dem Gedanken musste er leise lachen...

„Ich seh' nix mehr, versprochen…alles ok!", rief Stella in Charles Gedanken hinein. Er lächelte, da ihm der Gedanke vom „Alles OK-Sein" nun plötzlich gefiel. Doch wenn er sich umschaute, fand er, dass irgendwie gar nichts ok war, mit all den

Körperteilen und der ungehörigen Portion Blut, die überall zwischen dem Löschschaum auftauchte und eigentlich überall vorherrschte. Die Szenerie war so grotesk, dass er kurz auflachen musste, denn so etwas konnte eigentlich gar nicht stattfinden, hier, in seiner Wohnung, jetzt...

Er humpelte in sein Wohnzimmer hinein und versuchte den Schaumtorso ein wenig beiseite zu schieben. Dabei fiel ihm die Unsinnigkeit dieses Unterfangens auf, da es um ihn herum aussah, wie auf einem Schlachtfeld. Er hätte schon die Fähigkeiten, einer Jeannie gebraucht, um mit einem zwinkernden Kopfnicken über verschränkten Armen einfach alles verschwinden zu lassen. Mit menschlicher Aufräumkraft würde er nicht einmal in Topform diesen Raum ansatzweise wieder herstellen können, geschweige denn harmlos wirken lassen…

Er fasste die Klinke und öffnete die Tür einen Spalt breit. Seine Faust bewegte sich ruckartig in Richtung Stella. Keine Reaktion, obwohl die Faust nur wenige Zentimeter vor ihrer Nase zum Halten kam. Sie hätte gezuckt, wäre sie imstande gewesen zu Sehen. Ein weiteres Mal hieb er mit der Faust gegen sie, doch sie stand einfach nur da. Charles fand sie irgendwie süß, wie sie mit hängenden Armen einfach so dastand, um den Kopf ein dreifach gewickeltes, weil dünnes, modisches Tuch, dass sie zuvor parfümiert haben musste. In der Luft lag ein Hauch von vaporisiertem Sex. Die beiden Tuchenden hingen an ihr herab und ruhten jeweils auf einer Schulter, wie bei einer Piratenbraut. In Kombination mit dem tief ausgeschnittenen schulterfreien Top, machte ihn die ganze Erscheinung scharf. Er nahm ihre Hand und zog Stella vorsichtig in den Raum. Sie bewegte sich, wie eine Schlafwandlerin, auf dem blinden Weg durch die nächtliche Wohnung, herumirrend, ohne jede Wahrnehmung. „Keine Angst!" sagte Charles sanft, aber aufgeregt. „Ich geleite dich zur richtigen Stelle und dann probieren wir etwas aus, das dir gefallen wird, ok?!" „Mmhhh, was hast du denn vor, du Spitzbub', hm?" kokettierte die tapernde. „Lass dich überraschen, hast du es schon jemals blind gemacht?" „Nahaaain…" flüsterte Stella frivol. „Dann darf ich unsere Gespielin gar nicht sehen?" „Nahaaain…" ahmte Charles die mittlerweile sichtlich erregte Stella nach. „Ich kann dir nur soviel verraten…Sie ist wunderschön, hat einen tollen Körper und Experimente machen sie irre scharf…!" Sie passierten

# Nachtschauer

in einem großen Bogen die Schaumstelle mit dem schrecklich anmutenden Schlamassel. Währenddessen füllten die beiden mit ihren knisternden Worten den Raum mit etwas, das dieser wahrscheinlich mit einem ungläubigen Blick beantwortet hätte, wenn Räume Mimik besäßen. Denn weder ein herumliegender freigelegter Kehlkopf, abgesägte Arme und Beine, noch ein völlig zerfetzter Schaumparty feiernder Torso haben irgendetwas mit knisternder Erotik zu tun. Zumindest sind derartige Motive selten in 0190 - Werbungen zu finden und auch Sexshops locken eher mit vollständigen Körpern…

Die beiden jedoch hatten da irgendetwas ins Rollen gebracht das Charles das Ganze hier halbwegs vergessen ließ. Er führte seine Beute ins Schlafzimmer. Am Bett angelangt stieß Stella mit dem Knie gegen die Bettkante und kiekste kurz auf. „Ohhh" bemitleidete Charles die angestoßene. „Warte, ich mach das wieder gut". Er ging in die Hocke und küsste ihr Knie. Er schob den Jeansrock ein wenig nach oben, so dass er gleich darauf ihren Oberschenkel mit Küssen bedecken konnte." Sie legte den Kopf in den Nacken und gab einen genießerischen Laut von sich. „Bist du das Charles oder haben wir schon… ‚Besuch' ?".

„Das bin noch ich, aber gleich bekomme ich Verstärkung." Er drehte die Blinde und ließ sie vorsichtig aufs Bett sinken. Er nahm ihre Hand und ließ sie langsam zwischen ihre Beine gleiten. In ihr Ohr flüsterte Charles: „Fass dich ein bisschen an, ich bin sofort zurück, mit einem besonderen Gast…" Er küsste ihr Ohr und verschwand, während Stella den Anweisungen folgte und ihre Finger abtauchen ließ, in etwas, das sie selbst gern „die glühenden Gefilde ihres Höschens" nannte...

Sie atmete schwer, als Charles wieder neben ihr auftauchte. Als sie lange Fingernägel auf ihrer Haut spürte, stöhnte sie sanft auf. Sie hatte sich so sehr selbst in Stimmung gebracht, dass ihre Wangen glühten und sie den Unterleib gegen die Berührung dieser fremden Hand presste. Vom Dekolleté her streichelten sie die schlanken Finger, strichen sanft zwischen ihren Brüsten, um sich einen Weg zum Bauchnabel zu bahnen. Charles' Hand auf ihrer Wange ließ das Mädchen hektisch den Kopf drehen. Sie spürte einen Finger in ihrem Mundwinkel. Sofort schnappte sie danach und begann zu lutschen. Unterdessen glitt die weibliche Hand tiefer und ertastete den Bereich, wo ihre Schambehaarung beginnen würde, wäre Stella nicht glatt rasiert gewesen. So ließ Charles seinen Mund auf eine ihrer Brüste sinken, leckte über den Nippel, saugte und liebkoste, während er Stella mit Frau Ludwigs Hand fingerte…

Dass diese Hand vor wenigen Stunden noch Einkaufstaschen getragen hatte und wahrscheinlich jetzt gerade in einem Topf mit Mittagessen rühren würde, daran dachte Charles in diesem Moment nicht. Aber er wunderte sich schon etwas darüber, wie die Dinge so ihren Lauf nehmen konnten, wenn das Schicksal einen Clown gefrühstückt hatte...

Das Küssen, Saugen und Fingern hatte den Effekt, dass Charles seine Lage für einen Moment vergessen konnte. Er war mittlerweile so geil auf diesen Körper, dem er bei ihrem ersten gemeinsamen Mal zugerufen hatte: „Auf gute Nachbarschaft!" bevor er kam. Er war mittlerweile so sehr eingetaucht in die Atmosphäre purer Geilheit, die ihn blind machte für alles, was nicht im direkten Zusammenhang mit dem Liebesspiel stand. Ebenso blind wie seine Gespielin. Er hatte den scheidenförmigen Tunnelblick…

Charles riss Stella die Klamotten vom Leib und warf sie auf den Boden. Zuerst den Rock, -hierzu musste er Frau Ludwigs Arm einen Moment zur Seite legen- dann das Oberteil. Er besann sich zur Vorsicht, da das Tuch nicht verrutschen durfte. Auch wenn das Licht im Raum relativ schwach war, so sollte sie nicht erst die Möglichkeit bekommen, irgendeinen Aspekt dieser Groteske zu sehen. Er schob das Oberteil langsam über ihren Kopf und ihre festen Brüste lagen frei unter ihm. Der Anblick ließ ihn schier ausrasten. Er rutschte an Stella hinab und legte sich zwischen ihre Beine. Bereitwillig öffnete sie sich, um ihn willkommen zu heißen zwischen ihren Schenkeln, zwischen ihren fordernden Lippen, die sie ihm entgegenreckte. Er begann mit der Zunge zu spielen und konnte sich schon nach wenigen Malen nicht mehr halten. Charles öffnete den Mund vollständig, lutschte und sog an ihr, trank und leckte. Sie schrie auf in Ekstase, sie wand sich und suchte mit rudernden Armen die zweite Frau. Charles bemerkte davon nichts. Er war mit Nektar beschäftigt und konnte diesen Kelch nicht mehr ruhen lassen, bis er die Blüte aufs äußerste gekostet hatte. Er wollte, dass sie kam. In seinem Mund, unter seiner Zunge sollte sie in pulsierenden Stößen kommen bis sie schrie, als sei der Teufel hinter ihr her. Sie musste kurz davor sein, er spürte einen Orgasmus heranrollen. Ihre Beckenbewegungen sprachen deutlich mit ihm, ihr Atmen, ihr Schluchzen. Sie wand sich, als kämpften sie beide einen Kampf. Als sei ein Orgasmus Territorium, das beide freigeben wollten, aber niemand zuerst. Immer wieder packte er ihre Schenkel und zog ihren Unterleib an seinen Mund heran, hielt sie in eiserner Umklammerung. Das machte sie noch geiler und wilder. „Steck ihn rein…Sofort!" schrie sie und zog in seinen Haaren. Dabei lösten sich einige Büschel… sie ergriff seinen Kopf und zog den ganzen Charles auf sich hinauf. Er packte seinen Schwanz und stieß ihn tief in das zuckende Fleisch, auf das er kaum noch warten konnte. Beim ersten Stoß stöhnte er so tief, daß sie Angst hatte, er würde sofort kommen. Deshalb griff sie sein Becken und schubste ihn aus sich heraus. Er packte ihr Gesicht mit beiden Händen und steckte seine Zunge so tief in ihren Mund, dass ihre nassen Lippen aufeinander ein schmatzendes Geräusch verursachten. Sofort

# Nachtschauer

steckte er ihr sein Ding wieder zwischen die Schenkel. Sie packte seine Pobacken und zog ihn wie eine wahnsinnige immer wieder in sich hinein, dabei schrie sie: „Lutsch meine Brüste!" Charles lutschte. „Nein" kreischte sie, „SIE!" Er stieß immer wieder zu und schaute sich dabei verzweifelt um. Frau Ludwigs Arm lag auf Stellas Klamotten, auf dem Fußboden, außer Reichweite. Woher sollte er eine 2. Zunge nehmen?! Er sprang aus ihr heraus und aus dem Bett, stellte sich neben ihren Kopf und hielt ihr seinen Schwanz an den Mund, den sie sofort dankbar verschwinden ließ. Charles machte ein Hohlkreuz und angelte den abgetrennten Arm. Aufs äußerste gestreckt, gelangte er schließlich an das organische Sexspielzeug. Mit den Fingerspitzen bekam Charles heraushängende Sehnen zu fassen. Während Stella seinen Hintern in eiserner Umklammerung hielt, damit Charles Schwanz ihrem Mund nicht entkam, zog er Stück für Stück die Armsehnen an sich heran, bis er endlich den blutigen Stumpf mit einer Hand umfassen konnte. Er stöhnte vor Streckung, da er sich rückwärtig überbeugen musste.

Sie interpretierte es als dankbare Quittung ihres oralen Treibens und schaltete einen Gang höher. Jetzt schmatzte sie dabei. Mit Frau Ludwigs Hand fasste Charles schließlich Stellas Brüste, sie gab ein verzücktes, dumpfes Geräusch von sich, während sie den Schwanz immer wieder in ihrem Mund verschwinden ließ. Nun beugte er sich so weit es ging zur Seite und berührte mit der Zunge eine Brustwarze. Die Illusion war perfekt. Die verwöhnte zuckte am ganzen Leib. Das war es, was sie schon immer mal erleben wollte, hatte sie ihm einmal gestanden. Ein Typ und „ein anderes Mädchen" hatte sie kokett gesagt. Jetzt ging sie auf in diesem Gefühl und Charles leckte und streichelte, während sie blies. Als es in seinem Rücken ungesund knackste und Charles aufschrie, hielt sie kurz inne. „Alles Ok?!" fragte sie und hielt seinen Schwanz in der Hand. Da war es wieder, dachte er und merkte in seinem Rücken, das nichts ok war. Er hatte sich verrenkt oder so etwas, das spürte er genau. Ein ziehender Schmerz über dem Steiß. Charles stöhnte unleidenschaftlich vom Schmerz getrieben auf. Stella griff sich ins Gesicht und schob das Tuch von ihren Augen. Er konnte nichts dagegen tun, war bewegungsunfähig.

Noch verschwommen, folgte sie mit ihrem Blick den Dingen, die sie unmittelbar vor sich sah: einen Schwanz, der steif in ihrer Hand ruhte, einen zur Seite geneigten Charles-Körper, dessen Gesicht schmerzverzerrt und eine Hand an ihrer Brust. Eine Hand mit Arm. Ein Arm, der nicht an einem Frauen-Körper endete. Ein Arm, dessen rot schimmernder Stumpf vom krummen Charles gehalten wurde. Sie kniff die Augen zusammen, um den Schleier loszuwerden. Während die Szenerie vor ihr immer klarer wurde, setzte immer stärker die Sorge ein. Sie spürte, wie Adrenalin Richtung Herz pumpte. Charles war in rote Farbe getaucht. Über und über bespritzt mit Rot… Arm… Stumpf… Rot... (Bei dem Gedanken wurde ihr übel) …Blut! Charles war über und über verschmiert mit Blut. In ihrem Kopf schrie jemand in ein Megaphon: PAAAAANIIIK !!! Während sie versuchte irgendetwas zu überlegen und ihr Herz beinahe zersprang, stürzte eine Springflut aus Gedankentrümmern über sie herein und als sie gerade schreien wollte, entschied sich ihr Magen einfach los zu kotzen. Sich immer noch an den Schwanz klammernd, kotzte sie auf sich, kotzte auf den krummen Charles, kotzte in sein Gesicht, kotzte auf Frau Ludwigs Armstumpf und kotzte schließlich auf den Schwanz, als sie ihn in ihrer Hand erblickte. Charles versuchte sich von ihr zu lösen, doch sie hatte in einem Impuls so fest zugegriffen, als könne sie sich an diesem Schwanz aus dem absurden Schlamassel herausziehen. Als Stella aufhörte zu kotzen, (da ihr Magen bereits alles Auswerfbare verschleudert hatte,) sah er sie ernst an und sagte: "Es ist nicht so wie's aussieht!" Dabei fiel ihm auf, dass er den vollgekotzen Arm immer noch hielt, also warf er ihn so weit es ging in den Raum. Von seinem Gesicht tropfte etwas von ihrem Mageninneren. „Ich kann das erklären…!" rief er verzweifelt. Die junge Frau sah ihn aus wahnsinnigen Augen an und begann zu schreien.

Sie schrie so gellend, das sie Charles an eine schwarz-weiße Scream Queen erinnerte, die Schritt für Schritt langsam rückwärts taumelte, leicht nach hinten gebeugt, vor der Kreatur zurückweichend, bevor sich ein großer schwarzer Schatten über sie erhebt und ihren schrillen Schrei am höchsten Punkt zerschellen lässt. Danach herrschte in den B-Movies in der Regel einen Moment lang Stille...

# Nachtschauer

An Stille war hier jedoch nicht zu denken. Der krumme Charles löste sich windend aus der Umklammerung seines Schwanzes, indem er der Schreienden in panischer Verzweiflung die Finger brach. Sie starrte nur wirr auf den einen Fleck, wo eben noch sein Schwanz ruhte.

Charles beschlich das Gefühl, dass der Wahnsinn in Form eines hungrigen Gastes in ihrem Oberstübchen Platz genommen hatte und gerade eine dampfende Portion Synapsen serviert bekam. Mit einer Serviette um den Hals auf der in großen Lettern „HARHARHAR" stand, labte sich Herr Wahn ohne Sinn und Verstand an leckeren Beilagen wie Neurotransmittern, unterbrach so jeglichen Gedankenfluss, spülte das Ganze mit einem großen Glas Desoxyribunukleinsäure runter, rülpste kurz und machte es sich in einer kuscheligen Hirnwindung bequem...

Katatonisch starrte Stella weiterhin auf denselben Fleck. Also blieb Charles nichts anderes übrig, als etwas grob mit ihr umzugehen. Kaum befreit, humpelte er geknickt zur Bettdecke, die mittlerweile am Boden lag und warf sie über den versteinerten Schreihals. Es war ein langgezogenes A, das sie in fortwährendem Ton von sich gab. Erst als die Decke das Mädchen unter sich begrub, wurde der unerträgliche Laut dumpf und ein wenig tiefer. „So muss der Schalldämpfer entstanden sein…" schoss es Charles durch den Kopf und er runzelte die Stirn über einen solchen Nonsens-Gedanken, in einem solchen Moment. Er musste sich sammeln. Gleich würde irgendein Nachbar an die Tür hämmern und fragen, was der Lärm zu bedeuten hätte…

„Aaaahhhhhhh!" schrie Charles selbst und ergriff ein Stück Decke, dass er sich selbst sogleich in den Mund stopfte um seinen Schrei zu dämpfen. Er musste schreien. Jetzt brachen die Ereignisse der letzten Stunden über ihn herein und alle Gefühle aus ihm heraus. „Was mach ich bloß? Nnnghh!" Unachtsam zog er an der Decke und plötzlich war da wieder dieser unerträglich schrille Lärm. Er hatte Stella befreit. Mit einem Ruck warf er die Decke wieder über ihren Körper, prompt war das Geräusch erneut gedämpft. Er sammelte sich, schaute im Raum hin und her. Sein Rücken schmerzte und er konnte kaum Laufen. Da fiel es ihm ein…

„Klebeband!" Er hatte von einem Techniker-Kumpel dieses unfassbar universelle Klebeband für alle Fälle geschenkt bekommen… Man konnte sogar löchrige Stiefel damit wasserdicht machen. Das hatte er einmal bei Don Johnson gesehen, der mit seinem besten Kumpel Mickey Rourke im Film „Harley Davidson und der Marlboro Man" auf irgendeinem staubigen Highway unterwegs war. Sofort wusste er damals, dass er davon eine Rolle bräuchte…für alle Fälle!

Jetzt war so ein Fall…

Silbernes, breites Klebeband, mit dem man einfach alles befestigen, ausbessern, abdichten, verschließen und…fesseln konnte! Charles humpelte durch den Raum, schmiss die Tür hinter sich zu, damit der Schrei noch stärker gedämpft wurde. Er klang nun, als hätte er auch ebenso gut aus dem Fernseher stammen können. Charles stolperte durch das Endzeit-Wohnzimmer, vorbei an dem, was vor einer Stunde noch Frau Ludwig gewesen war… In seiner Abstellkammer fand er recht flott das Klebeband. Der Schmerz trieb ihm Tränen in die Augen, jede Bewegung war eine Qual, doch er musste dieses Geschrei abstellen und so quälte er sich weiter voran.

Schritt für Schritt zurück ins Schlafzimmer.

„Was Stella wohl HIERZU sagen würde?" fragte sich Charles und schaute ungläubig auf das Gore-Inferno, das vor einer Stunde noch sein Wohnzimmer gewesen war…

Als er die Tür zum Schlafzimmer öffnete, saß Stella immer noch genauso da, wie er sie verlassen hatte: aufrecht sitzend, vergraben unter der Decke, schreiend! „Ahhhhhhhhhhhhh…" erklang es gedämpft, aber immer noch sehr unangenehm. Charles polterte auf das Mädchen zu und begann ein Stück von der Klebebandrolle abzuwickeln. Er umwickelte Stella samt Decke. Es ratschte, immer wenn Charles ein weiteres Stück abwickelte. „Tut mir Leid", sagte Charles. „Tut mir echt Leid Stella, aber ich muss dich erst mal wegsperren. Ich tu dir aber nichts, keine Angst, ok?!" Charles schnürte die Schreiende wie ein Paket. Sie und die Decke wurden eins, sie saß bewegungslos da. Plötzlich änderte sich ihr Schrei. Sie brüllte: „Es ist nirgends so schön wie zu' Haaaaus … Es ist nirgends so schön wie zu Haahahaaaus'…Es ist nirgends so schön wie zu Haahahahaaaaaaus…" Dabei raschelte sie rythmisch mit den Füssen. Als Charles näher hinsah,

# Nachtschauer

erkannte er, dass Stella die Hacken aneinander schlug.

„Mein Gott!", dachte Charles. „Sie verliert tatsächlich den Verstand." Er riss das letzte Stück von der Rolle ab, packte das Bündel und versuchte es hochzuheben. Der Schmerz wies ihn in die Schranken. Charles schrie auf und fasste sich an den Rücken. Er musste den Schmerzherd entlasten, also stellte er sich so gerade wie möglich hin und gab Yvonne einen Stoß. Er stieß das Mädchenbündel einfach auf sein Bett. Nun lag Stella auf der Seite. Charles stakste um's Bett herum. Er zog von der Seite an der Decke und sie rutschte langsam in Richtung Bettkante. Als sie bis zur Hüfte im Freien schwebte, wollte Charles das Bündel packen, da krachte das Mädchen mit dem Oberkörper zu Boden. Als ihr Kopf aufschlug, brach ihr Schreien mit den Worten „…nirgends schöner…" und einem dumpfen – Rumms!- jäh ab. Charles beugte sich zu ihr hinunter. Es wirkte ein wenig, wie „Dick und Doof tragen ein Klavier". Ungelenk, tollpatschig mit verzweifeltem Blick in eine prekäre Situation verstrickt. Panisch versuchte er den Kopf frei zu legen, um zu sehen, ob sie noch atmete. Ein solcher Aufprall, konnte einen Schädelbasisbruch zur Folge haben, außer man hatte Glück. „Und da ich ja heute ein echter Glückspilz bin…" dachte er und sah, dass Stellas Augenlider zuckten, ihr Atem ging flach. Er packte Stellas Fußende und zog sie zum Wandschrank.

Sie wog Tonnen. Zumindest in seiner Wahrnehmung. Mit jedem Schritt wurde sie schwerer, er schwächer. Er spürte nun, welchen Erschöpfungszustand sein Körper nach all dem Erlebten mittlerweile erreicht hatte. Angst, Stress, und Überforderung hatten seinen Organismus bisher in eine Art beweglichen Schockzustand versetzt. Seit er mit Frau Ludwig indie Scheibe gekracht war, funktionierte er einfach nur noch. Er war in einen automatisierten Modus Operandi verfallen, der nun begann auf „Normal" umzustellen. Charles merkte, wie die Kräfte aus seinem Körper schwanden, seine Knie weich wurden und das Flimmern vor seinen Augen den guten alten Kumpel Bewusstlosigkeit anmeldete, wie Glitzerglanz den Star auf der Showbühne. Nur das der Auftritt dieses Stars hier, Charles Abtritt bedeuten würde. Er wehrte sich dagegen, doch der Schmerz in seinem Rücken, an seinem Handgelenk, eigentlich überall, brüllte seinen neuralgischen Punkten in hohen Tönen etwaentgegen, das klang wie feine Nadeln, die auf Glasfaserkabel Schlittschuh liefen. Sein letzter Ruck an dem Mädchenbündel verlangte ihm noch einmal alles ab und während er durch die Zähne Luft zischte, krachte er rücklings gegen die Wandschranktür. In seinem Bewusstsein wurde es düster…

Ein roter samtener Vorhang wurde gegen die Theaterdecke hochgezogen. Auf der Bühne stand ein Bett, am linken Seitenabgang war eine Pappwand aufgestellt. Sie zeigte eine Schlafzimmerwand. In diese Wand eingelassen, befand sich eine scheinbar hölzerne Tür. Eine Wandschranktür. Vor dieser Tür, lag ein Mann. Zu seinen Füßen lag ein braunes Bündel, das mit grauem Klebeband unregelmäßig und notdürftig umwickelt worden war. Der Mann lag schlafend da, als plötzlich die Tür aufsprang und den Mann mit Wucht emporstieß. Wer immer diese Bewegung verursacht haben mochte, diese Wucht konnte nur mit unglaublichem Kraftaufwand vollbracht worden sein, denn der schlafende Mann flog über das Bündel und kam erst 2 Meter dahinter zum Liegen. Der Pfosten des Bettes stoppte seinen Flug. Ein riesiges Ungetüm trat stampfend aus der Tür. Es war braun und hatte frappierende Ähnlichkeit mit einem Matschklumpen. Dort wo ein Kopf hätte sein müssen, prangte ein riesiger Schlund. Aus ihm stieß das Monster einen urzeitlichen Laut, dessen Schallschwingungen die Illusion erzeugten, die riesigen vorstehenden Reißzähne, die von überall in das Rund drängten, würden unter dem Laut nachgeben und vor Vibration schwingen. Zielstrebig schnappte das Ding nach dem Bündel am Boden, erhob es über seinen amorphen Kopf und ließ es wie selbstverständlich in seinen Rachen fallen. Nach einer kurzen Schluckbewegung, trat es zwei Schritte vor, ergriff den nun nicht mehr schlafenden, jetzt aber schreienden Mann, erhob ihn über das wabernde, grunzende Maul und beobachtete kurz, die zappelnden Bewegungen, mit denen der Mann versuchte sich frei zu strampeln. Als sich die vermoderten Reißzähne über dem Mann schlossen, verstummten auch die Schreie...

Vom rechten Seitenabgang her, betrat ein kleiner grauhaariger Mann in weißem Kittel die Bühne. Er trug einen Hufeisenförmigen Oberlippenbart und seine Haare standen wirr von seinem

## Nachtschauer

Kopf ab. Kess streckte er dem Ungetüm die Zunge heraus und riss ein kleines Xylophon nach vorn. Ein Raunen ging durch den Saal. Als sich das Monster aus dem Wandschrank mit einem großen Schritt in Bewegung setzte, spielte Albert Einstein eine simple Melodie auf den Metallplättchen seines bunten Kinderxylophons. „Ting TingTing" machte es und das Monster begann zu brüllen. Es wand sich unter scheinbaren Schmerzen und versuchte den Klang abzuschütteln, doch Albert spielte unerbittlich seine Ting Ting-Töne und so riss das Ungetüm seine Kopfkloake zu einem letzten verzweifelten Schrei auf und stülpte sich schließlich von innen nach außen...

Frenetischer Applaus nebst Jubel ertönte aus dem Parkett und aus den Rängen. Vom Balkon gab es Standing Ovations. Albert Einstein verbeugte sich, der samtene Vorhang fiel und aus dem Orchestergraben erklang Beethovens Ode an die Freude...

In das Dunkel von Charles' Abwesenheit drang das Singen von Sirenen. Er wähnte sich auf dem Schoner des Odysseus, der festgebunden an den Mast dem sinnenbetäubenden Klang zu trotzen versucht. Je mehr er jedoch die Augen öffnete, desto klarer wurden seine Gedanken und je mehr sondierte er, dass er weder in einem absurden Theater noch in der griechischen Mythologie unterwegs war. Nein, er lag am Boden seines Schlafzimmers. Schmerzerfüllt. Das, was er vernahm, waren Sirenen, aber keine singenden Schönheiten, sondern Durchfahrt erzwingende Gesetzeshüter, die mit einem Knopfdruck dieses Geräusch einschalteten, um möglichst schnell am Ort eines Verbrechens zu sein. „Verbrechen!" hallte es in Charles' Kopf wider. Er sah sich um… Langsam wurde ihm bewusst, was geschehen war. Er sah das Bündel vor sich, er sah den Schlamassel im Raum und er fühlte die Schmerzen, die überall präsent waren. Er fasste sich an den Kopf und dachte: „Ich habe doch gar nichts getan!" Er schluchzte…" Das alles …das war doch alles…ein Unfall…alles…ich kann doch gar nichts dafür…" Die Sirenen wurden lauter. Charles dachte an Madame Maintenant. Sie hatte ihm das Ganze eingebrockt. Irgendwie hatte sie ihre Finger im Spiel bei dem Ganzen. Anders konnte es nicht sein. Nach dem Besuch in ihrem Zelt war er hier mit seiner Schwester aufgewacht…Nach dem Besuch in ihrem Zelt hatte das ganze Drama angefangen! Warum, fragte er sich und warum war sie in seinem Traum erschienen?

Er wusste nun, was zu tun war. Er musste sie ein weiteres Mal aufsuchen und vor allem musste er vor den Sirenen fliehen. Ohne die verdammte Zigeunerin konnte er nichts von alldem hier erklären…Nichts!

Also machte er sich auf, zog sich am Griff des Wandschranks hoch und kam langsam strauchelnd auf die Beine. Er ließ sich gegen die Wand fallen und atmete tief durch. Er kniff die Augen zusammen und schluckte den Schmerz hinunter. Für Jammerei hatte er keine Zeit. Er stieg so gut es ging über das Stella-Bündel herüber und stolperte Richtung Wohnungstür. Er vermied es, sich umzuschauen und hielt seinen Blick auf die Tür gerichtet. Er musste zielorientiert vorgehen, das wusste er aus seinem Job. „Wenn alles über dir zusammenbricht, musst du dein Ziel fixieren, nicht nach links und rechts sehen, das lenkt nur ab…" Er redete mit sich selbst und sah nicht nach unten. Im Augenwinkel vorbeihuschendes Blut, Lei-

## Nachtschauer

chenteile und Trümmer konnte er nicht vollends ausblenden, aber immerhin schaffte er es atemlos zur Tür. Charles hörte, wie die Wagen hektisch vorfuhren und scharf bremsten. Er hörte Autotüren zuschlagen und wusste, dass nun die Zeit gekommen war, letzte Kraftreserven zu mobilisieren und zu rennen. Er riss die Tür auf und lief in den Flur hinaus. Er konnte die trappelnden Schritte hören, die von unten in das große Treppenhaus drangen. Die Schritte der Beamten, sie waren vor dem Hauseingang. Er warf seine Wohnungstür ins Schloss und humpelte so gut es ging in Richtung Abfallschacht. Er wohnte in einem Altbau. Das Haus aus der Jugendstilzeit, hatte den zweiten Weltkrieg unbeschadet überstanden und so war auch der Abfallschacht hier noch intakt und sogar in Betrieb. Der Schacht verband alle Etagen miteinander und so konnte jeder Mieter seine Abfalltüten über diesen Schacht in den Keller werfen. Dort stand ein großer Container bereit, der die Abfälle auffing. Charles empfand diesen Luxus als immer wieder absolut praktisch und mittlerweile als unverzichtbar. Heute sollte dieser Schacht vielleicht sein Leben retten.

Er schob die kleine Klappe nach hinten und krabbelte mit den Füssen zuerst hinein. Er musste sehr vorsichtig sein, denn er befand sich im dritten Stockwerk. Von hier waren es gut 7 Meter in die Tiefe. Wenn er die hinunterfiele, bräuchten die Polizisten den Mann mit dem gebrochenen Knöchel oder vielleicht sogar Genick nur noch aus dem Container zu fischen und das wäre es dann gewesen. Also sah er sich vor. Langsam ließ er sich in den Schacht gleiten, da hörte er das elektrische Summen des Türdrückers. Viele Füße betraten den hallenden Flur. Über ihm erklang eine bekannte Stimme: „ Hier oben! Zwei Etagen unter mir ist es. Ich komme runter…!" hörte er Anwalt di Tritti von oben rufen. „Hab ich's doch gewusst!" dachte Charles und ärgerte sich still über den verhassten Nachbarn, der wohl die Polizei angerufen haben musste. „Feiges Arschloch!" dachte Charles. „Hätte doch erst selbst mal anklingeln können, anstatt sofort die Bullen zu rufen…Aber dazu fehlt ihm der Mumm!"

Charles spürte, wie Wut in ihm aufstieg. Das konnte er jetzt am wenigsten gebrauchen. Gefühle, die seine Gedanken noch mehr ablenkten, als es bereits die

Im Andenken an Dan Shocker's Grusel-Truhe, dem Occu-Magazin, der Jason Dark Leserseite, Dämonenkiller informiert und der Vampir-Leser Kontaktseite, hat natürlich auch Nachtschauer eine eigene Fanseite für Schauerbriefe. Hier finden sich Fragen und Anregungen rund ums Thema „Grusel-Groschenromane", Anmerkungen zur Show und viel Wissenswertes aus der Nachtschauer-Welt...

Werner Petrell aus Brakel schreibt:

„Sehr geehrter Herr Nachtschauer!
Ich verfolge ihre Sendung seit Folge 1 und bin begeistert. Besonders gefällt mir, dass man auf schaurige Weise, soviel über Gruselgroschenromane lernt. Ihre Stimme erzeugt dabei zur Spannung noch die Gänsehaut! Ich kannte diese Gattung bislang gar nicht und habe vor, mir eine Sammlung anzuschaffen. Nun meine Frage: wie komme ich an die abertausenden Groschenromane, die es ja ihrer Information nach geben soll?! Immer ihr Werner..."

„Lieber Werner...
Die ganze Welt der Schauerromane bekommst du nur durch Suchen. Auf Flohmärkten, im weltweiten Netz der guten Hoffnung und in vereinzelten Antiquariaten, (z.B. BUUKS in Dortmund, Uli ist top sortiert!) die sich als letzte Bastion noch einen Vorrat angelegt haben. Unsere Lieblingsgattung ist nämlich tatsächlich eine vom Aussterben bedrohte Spezies, die man unter allen Umständen bewahren muss... Wenn du also einen Groschenroman in die Finger bekommst – unbedingt kaufen! Ich selbst habe eine sehr große Sammlung und da ich nie einen liegen lasse, wenn ich ihn in Grabbelnähe sehe, habe ich bereits eine kleine Verkaufs-und Tauschecke mit doppelten, die du auf meiner Facebookseite erstöbern kannst. Melde dich einfach dort..."

Grusel(s)neffe Hypno-Kai aus Bochum schreibt:

„Hey Trashonkel!
Ich bin großer Groschenromanfan seit meiner Kindheit und freue mich immer auf die neuen Folgen deiner Show. Weißt du, ob es auch international Freunde dieser Gattung gibt, oder ob das Ganze ein rein deutsches Phänomen geblieben ist?"

„Lieber Grusel(s)neffe Hypno-Kai...

Eine sehr gute Frage! Denn es ist tatsächlich so, dass einige Groschenromane übersetzt wurden, für das europäische Ausland. Und einige der Stories in der Reihe „Vampir Horror Roman" z.B. sind Geschichten AUS dem Ausland und ins Deutsche übersetzt, als Einzelabenteuer in die deutsche Reihe integriert worden. So gibt es Fans in England, Frankreich, Spanien, Holland sowieso und nicht zu vergessen, all die, die Deutsch in der Schule hatten und vor allem Austauschschüler, Urlauber und Touristen, die in Bahnhofsbuchhandlungen und am Kiosk damals allein durch die wunderschön schauerlichen Titelbilder angelockt wurden und natürlich zugegriffen haben. Wenn man dieses Phänomen vergleichen wollte, könnte man (zumindest von der Heftchenform und dem von der literarischen Elite belächelten, trivialen Inhalt her) entfernt Parallelen zum „Pulp" der USA oder dem „Giallo" aus Italien ziehen. Inhaltlich und stilistisch ist der Gruselgroschenroman Deutschlands jedoch einzigartig und ist beispielsweise von Auswanderern ins Ausland eingeschleppt und verbreitet worden. So kommt es auch, dass sich das internationale Nachtschauer-Kollektiv gebildet hat, zudem ja auch der vorliegende Autor Mario Dario gehört...
Man muss aber noch dazu sagen, dass die deutsche Groschenromankultur einen ganz eigenen Stil etabliert hatte und daher auch eben famoser und geliebter ist, als die entfernt artverwandten aus dem Ausland..."

Der liebe Hypno-Kai hat mir zudem folgenden Schauerfanbrief gebastelt, worauf ich sehr stolz bin:

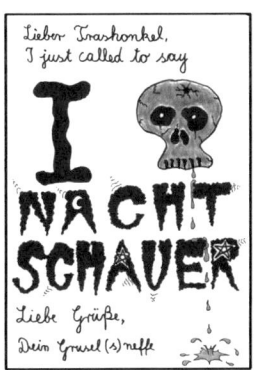

Victoria aus Essen schreibt:

„Ich finde Nachtschauer zum Schnudeln schön!"

Liebe Victoria!

„Ich bin begeistert, denn auch ich Schnudele sehr gern!"

Bis zum nächsten Mal,
schreibt auf der Facebookseite,
bleibt schauerlich und lest das Virus-Magazin,

euer Nachtschauer

Schmerzen taten. Also riss er sich zusammen und versuchte sich auf den Sprung in die Tiefe zu konzentrieren. Er glitt soweit es ging in den Schacht und hielt sich an der Einwurfklappe fest. Mit ausgestreckten Armen hing er nun in dem Schacht und die Erdanziehungskraft gaukelte ihm vor, 5 mal so schwer zu sein, wie die 80 Kilo, die er mit Boden unter den Füßen wog. Er atmete flach und kniff die Augen zusammen. Er ahnte, dass er sich bei diesem Sprung etwas brechen würde. Er musste ganz exakt aufkommen. Er konnte nicht sehen, ob unter ihm bereits Müll gelagert war oder ob er in den leeren Container Springen würde. Er bereitete seine Knie mental darauf vor, nachzugeben und ein wenig mit zu federn, sobald seine Füße einen Druck verspüren würden. Schweiß rann ihm über das Gesicht. Auf dem Weg vermischte sich die salzige Flüssigkeit mit dem Blut und dem Schmutz, das sein Gesicht bedeckte. Als Tropfen in seinen Augen angekommen waren und das Brennen jegliche Sicht entfernte, atmete er noch einmal ein und ließ sich fallen. Er fiel in die Dunkelheit und es schien ihm, als fiele er eine Ewigkeit. Vollkommen zeitlos stürzte er in das bodenlose Nichts des Schachtes. Im Vorbeifliegen, schnappte er Wortfetzen und Getrappel von Stiefeln auf, da krachte es unter ihm und seine Beine bohrten sich in seinen Unterleib. Er schlug erst mit den Füßen auf, dann folgten seine Knie. Er knickte auf der Stelle nach vorne ein und stieß ungebremst auf den metallischen Containerboden auf. Es knallte und schepperte blechern. Er schrie kurz auf, doch besann er sich sofort wieder. Sein Kopf war angestoßen und er hatte sich die Hand gebrochen, mit der er versucht hatte, den Sturz abzufangen. Es war die Hand mit der angeschnittenen Pulsader. Blut sickerte durch den Verband und er konnte fühlen, dass die Stellung der Finger und des Handballens unnatürlich sein würden, wenn er sie im Hellen betrachtete. Zu viele Geräusche drangen von über ihm an sein Ohr. Ihm war schwindelig, schlecht und es gab nichts an seinem Körper, das auch nur im Entferntesten nicht schmerzte…

Er lag in diesem Container, wie weggeworfen. Und genau so fühlte er sich auch. Weggeworfen – sein Körper, sein Leben, alles! „Und wofür? Für mein verdammtes Aussehen, für meine scheiß Haare, dachte er. „Für die verdammten Fotzen!", entfuhr es ihm. Er begann zu schluchzen. Er sabberte in sein Wimmern hinein. Die Wut übernahm wieder die Oberhand und versetzte ihm einen Adrenalinschub. Er zog die Nase hoch, wischte mit dem blutverschmierten Verband über sein Gesicht und stemmte sich mit der nicht gebrochenen Hand in die Höhe. Er wusste, dass er lebenslänglich hinter Gittern landen würde, wenn er sich jetzt hängen ließe. Also kämpfte er sich schwerlich aus dem Container heraus und verschwand schließlich durch die Hinterhoftür ins Freie.

Er spürte den warmen Atem des Sommerabends, der ihn anseufzte, wie aus kopfschüttelndem Mitleid. Sein nackter Oberkörper war blutverschmiert. Einige Krusten hatten sich gebildet. Er musste auf der Hut sein, denn nur mit seinen Shorts bekleidet und übersät mit Wunden und Blut war er ähnlich unauffällig wie ein Rabbi unter Skinheads…

Die Erschöpfung machte ihm die Vorsicht nicht leicht. Charles war froh, wenn er es überhaupt schaffte, sich fortzubewegen. Jeder Schritt war eine Qual. Die Füße aufgeschnitten, ein Knöchel anscheinend verstaucht und der Rest des Körpers so ramponiert, dass er gebückt ging, wie ein alter Mann. Er hielt sich die gebroche-

# Nachtschauer

ne Rechte und zischte regelmäßig vor Schmerz.

Nur Nebenstraßen nutzend, machte er sich auf Richtung Jahrmarkt. Öffentliche Verkehrsmittel waren aus nahe liegenden Gründen tabu und für ein Taxi fand sich nicht das nötige Kleingeld in seiner Unterwäsche, also lief er schließlich querfeldein. Durch den Park schlurfend, wirkte er wie einer der Stadtstreicher, die er so verachtete. Er war der Meinung, jeder sei seines Glückes Schmied und niemand müsse auf der Straße leben.

„Die Penner sind doch selbst schuld!" hatte er immer zu seinen Jungs gesagt, wenn einer seiner Freunde etwas Kleingeld abgab. Ewige Diskussionen hatten sie geführt, warum Schicksalsschläge angeblich niemanden zu einer Abwärtskarriere zwingen würden und nur Schwächlinge aus der Bahn gerieten… In diesem Punkt hatte sich der feine Beau meist recht laut ereifert…

Nun stand Charles an dem kleinen See in der Mitte des Parks und stützte sich an einen Baum, um kurz zu verschnaufen. Das Wasser war still und so konnte er durch die leichten Wellenbewegungen hindurch, einen Blick auf seine eigene Gestalt werfen, die sich auf der Oberfläche spiegelte. Ein kaputtes Wrack, das den Anschein machte, es sei 30 Jahre älter, als noch vor wenigen Stunden. Als er sich ansah, kamen ihm die Tränen. Reinigende Tränen. Es war ein Strom, der seiner geschundenen Seele entfuhr, als hätte er eine Schleuse durchbrochen. Laute kamen aus Charles' Mund. Erschütterte, verzweifelte Laute. Er stimmte unter Tränen in ein Wehklagen ein, das in seinem Inneren für eine Art Frieden sorgte. Es war ein Loslassen der Anspannung, die sich angestaut hatte und er fühlte sich befreit. Doch als er durch die Tränen hindurch eine alte Frau auf dem kleinen Weg am Ufer des Sees entdeckte, schüttete die Erinnerung an Frau Ludwigs Einzelteile einen Kanister voller Schuld über ihm aus, entzündete ihn mit einem Streichholz und eine Stichflamme bohrte sich in sein Herz. Er brach zusammen. Am Fuße einer stolzen Eiche sitzend, wurde ihm klar, dass es nur wenig brauchte, um einen jeden aus der Bahn zu werfen. Ein Delirium, ein tödlicher Unfall, ein Drama, Haarausfall … All das waren Dinge, mit denen niemand rechnete und doch passierten sie tagaus tagein, sagte er sich und besann sich darauf, seine „Pennertheorien" noch einmal zu überdenken.

„Alter, was machst'n da auf'm Bod'n? Du blutest ja…Haste alles im Griff oder brauchste Nachbarschaftshilfe…Hähähä?" In Charles fromme Gedanken hinein, stolperte ein Obdachloser, der mit seiner Sprit-Fahne Zigaretten hätte anzünden können. Er saß auf einem viel zu kleinen Kinder-Klapprad… „Hier nimm'n Schluck, Alter!". Mit der Hand, die ihm eine Flasche vors Gesicht hielt, kam der Uringeruch, dann der Geruch von Brennspiritus. Die Finger, die die Flasche hielten, waren dunkel. Wurstige dicke Lederhaut spannte sich um aufgedunsenes Fleisch. Von Fingernägeln in diesem Zusammenhang zu sprechen, wäre vermessen. Die Flasche Frühstückskorn sah alles andere als einladend aus. Klarer Schnaps, keiner Marke. Nur das schlichte Wort „Frühstückskorn" prangte von dem weißen Etikett. Ein Getränk, ein Wort, das so viel mehr über den Trinker aussagte, als mehrere Hundert Buchstaben es vermocht hätten. Dieses einzelne Verb erzählte das ganze Drama eines Lebens in der Vergangenheitsform. Charles sah dem Stadtstreicher in die rot verquollenen, schwarz geränderten, aber irgendwie lebenslustigen Augen.

## Nachtschauer

Diese Augen schienen alles gesehen zu haben, wovor sich andere Augen in der Regel verschließen. Diese Augen strahlten hinter dem Trunkenheitsschleier etwas aus, das von Herzenswärme befeuert wurde. Eine Unbesorgtheit, entstanden durch das Zurücklassen von allem, was je Sorge hätte bereiten können. Eine wissende Sorglosigkeit, die aufkeimt, wenn es neben dem eigenen Leben nichts mehr zu verlieren gibt, außer - der Flasche…
Charles griff zu. Weise lächelnd, entblößte der Spender einen Oberkiefer mit 5 Zähnen, die anderen waren Geschichte. Er beobachtete, wie Charles am Boden seinen flüssigen Schatz an die Lippen führte und mit einem großen Schluck seinen Rachen desinfizierte. „So ist es gut, alter Junge!" rief der Gönner und lachte kehlig, denn er wusste um die Wohltat, die Charles Rachen soeben widerfuhr. Dieses reinigende Brennen, dieser einzigartige Nichtgeschmack, der dafür sorgte, das die Geschmacksknospen im Mund mit der Zeit verätzten und so irgendwann den Gaumen gleichgültig machten für jede Art von billigem Fusel. Das einfache Glück des Trinkers: Brennen, Knallen, Lallen!
Charles rann etwas Korn übers Kinn als er aufstand und die Flasche mit äußerster Wucht auf dem Kopf mit dem zu kleinen Sonnenhut zerschmetterte. Das Lächeln erstarb. Der Mann gab einen unangenehmen Laut von sich und fiel mit seinem Klapprad ins Gras. Sein Kopf blutete. Eine Scherbe steckte darin. Charles packte ihn bei den Schultern und zog ihn vom Fahrrad. „Du hast eh nichts mehr zu verlieren, alter Junge…Ich schon!" sagte er zu dem bewusstlosen, während er ihn angestrengt in einen der nahe gelegenen Büsche schleifte.
Charles hob das kleine Klapprad auf, setzte sich auf den Sattel und trat sachte in die Pedalen… „Mit diesem Kackding", dachte er „mit diesem Haufen Schrott werde ich es schaffen, ich muss es zur Madame schaffen, verdammte Scheiße!" Er rollte durch den Park und er spürte, wie mit dem Brennen des Frühstückskorns gleichzeitig ein Großteil der Erschöpfung verschwunden war. Durch die neue Aufgabe fühlte er sich beinahe gut, voller Tatendrang. Er spürte eine treibende Euphorie, die ihm vorgaukelte, jetzt würde „Alles o.k." werden…
Er begann und endete am Ufer des Tiber, des Flusses, der die

ganze Region verband. Vom Wasser aus erschien er wie eine riesige Vergnügungsinsel. Wer vom Bötchen aus den Jahrmarkt ansteuerte, hörte durch die Stille hindurch ferngedämpftes Lachen und Treiben. Ein Spaßdorf, mit lustiger Musik, Rufen, Herumtollen und ratternden Geräuschen, die dem Kenner sagten, die nächste Fahrt ginge rückwärts!

Charles kam den Radweg entlang des Flusses. Er sah und hörte sein Ziel näher kommen. Er konnte kaum mehr die zu kleinen, harten Pedalen treten, denn bei jedem Tritt drückte sich das harte, gezackte Plastik in seine zerschnittene Fußsohle. Das nahende Ziel gab ihm den Antrieb des Endspurters, noch einmal sämtliche Reserven herauszuholen. Die letzten Meter ließ er sich rollen. Als er bremste, knirschte der Schotter unter ihm. Er stieg ab und warf das Fahrrad unachtsam ins Gras. Wenige Schritte musste er nun einen kleinen bewachsenen Hügel hinauf gehen. Während er sich dem Jahrmarkt von der Seite näherte, fiel ihm auf, dass irgendetwas anders war, als zuvor. Er konnte aber nicht sagen was es war, also lief er nachdenklich weiter und schob die Verwirrung auf seinen Zustand. Er wollte endlich mit dieser verfluchten Madame sprechen. Als der Lärm lauter wurde, realisierte er was anders war… Es waren die Geräusche! Alles wiederholte sich. Normalerweise würde es keine Ordnung in dem Stimmen,- Musik- und Geräuschgewirr geben, hier jedoch war eine. Alles dauerte nur einige Sekunden und wiederholte sich plötzlich. Es klang, als würde eine Schallplatte abgespielt, bei der sich die Nadel in einem Kratzer verfangen hatte – ein Sprung. „Ich bilde mir das nur ein, der Fusel, die Anstrengung, ja ganz klar, kein Ding, Charles, mach dir keine Gedanken, gleich wird alles ok…alles ok, ja!" stammelte Charles vor sich hin und stand nun vor dem Eingangsbogen des buntleuchtenden Spaßparadieses. In riesigen geschwungenen Lettern stand über seinem Kopf „HAHA-LAND". Er durchschritt das Tor und trat ein in die surreale Welt der Gaukler, Schausteller und des Schabernacks. Vor ihm lag eine labyrinthartige Stadt des Spaßes. Er konnte nach links gehen, er konnte nach rechts gehen, er konnte geradeaus gehen. Doch irgendwie sah alles gleich aus. Wohin er schaute, Zuckerwattebuden, Autoscooter, Schießstände und verschiedene Fahrgeschäfte – nur… keine Menschen!

Alles drehte und bewegte sich, aber es gab weder Karussell-

Insassen, noch flanierende Menschen in den Gängen. Charles sah auf die Uhr. Es war 19:23 Uhr.
„Es müsste hier vor Leuten nur so wimmeln", dachte er. Was ihn noch mehr beunruhigte, war die Tatsache, dass er all das bunte Treiben hören konnte. Er schloss die Augen, drückte mit Daumen und Zeigefinger gegen seine geschlossenen Lider und rieb sie kräftig. Als er sie wieder öffnete, sah er Pärchen seinen Weg kreuzen, Halbstarke standen am Autoscooter herum und einige Jungs schossen mit Luftgewehren auf metallene Plättchen in Häschenform. Alles war normal… Bis auf die Tatsache, dass er die Jungs erkannte, die dort schossen. Es waren seine Jungs, seine Freunde. Er knipste die Augen zusammen und da erkannte er, wer gerade das Luftgewehr hielt und zielend anlegte. Es war er! Er stand hier und sah sich dort. Geradewegs auf ihn zu, stolzierte ein kleines Mädchen mit einer Schnur, an der ein leuchtend roter Gasballon über ihrem Kopf schwebte.
„Drehst du jetzt durch?" fragte das Mädchen lächelnd und ging weiter. Er schaute auf die Szenerie, die sich ihm völlig normal darbot. Er ging geradeaus und begann mit der Suche nach Madame Maintenant.

# Nachtschauer

Die Fassade der Geisterbahn rief: „Treten sie ein in die Welt des Entsetzens, wenn sie stark genug sind, harharhar! Die Grotte des Grauens wartet…"
Drei Glockenschläge, gefolgt von einem grollenden Gewitter unterstrichen die tiefe Stimme von Frankensteins Monster, das mit einem sich mechanisch öffnenden Maul auf diese Weise einlud zur Fahrt in einem der kleinen Wagen, die mit einem lauten Stoß gegen eine Schwingtür ins Dunkle verschwanden.
Charles lief weiter. Vorbei an einem mehrstöckigen Spiegellabyrinth und dem Monstrositäten-Kabinett mit dem schlichten Namen „Freak Show", als er endlich ein rotgoldenes Leuchten sah…
Das Zelt erhob sich herablassend vor seinen Augen und es schien ihm, als prange das tiefe rot noch tiefer, noch röter, als bei seinem letzten Besuch. Es war ein beeindruckendes, einschüchterndes Rot. Es fühlte sich an, als throne dieses Zelt auf einem Hügel im strahlenden Technicolor-Lande OZ. In seinem Geist hörte er die freundlichen Zwergmenschen singen: „Follow the yellow brick road, follow the yellow brick road…"

Sein Problem war – sein Weg war nicht gelb, sondern tiefrot und vor allem - er befand sich nicht in OZ. Und er stand nicht vor dem Zelt des guten Zauberers. Er schaute auf das beunruhigende Tiefrot, mit dem die böse Hexe des Ostens einzuladen schien, wie auf einem roten Teppich ohne festen Untergrund, der, einmal betreten, jeden Auslass verwähren würde...

In diese Gedanken hinein pochte sein Herz.

Charles atmete tief ein, biss sich vor Anspannung auf die Zähne. Seine Wangenknochen traten hervor. Er blickte sich noch einmal um. Sirenen ertönten. Charles erschrak. Waren sie ihm hierher gefolgt? Polizei? Kamen sie, um ihn zu holen?

Wäre er nicht wie von Sinnen gewesen, nicht so betäubt vom subtilen Sog aus Madames Zelt, hätte er vielleicht genauer hingeschaut und den kleinen Jungen bemerkt. Den kleinen Jungen, der lachend seinen Eltern winkte, aus einem kleinen Polizeiwagen heraus, der sich auf Schienen im Kreis bewegte. Und jedes Mal, wenn der kleine Junge auf den elastischen Plastikknopf im Lenkrad drückte, freute er sich diebisch über die Sirene, die ihn zu einem großen Gesetzeshüter machte, mit Freifahrtschein in jede Straße und ebenso geradewegs in Charles verängstigtes Bewusstsein hinein…

Auf diese Weise angefeuert von dem Signal, nahm Charles all seinen Rest-Mut zusammen, ließ sich von der Panik dopen und setzte einen geschundenen, blanken Fuß vor den anderen.

Seine Flucht ins Zelt war wie das Fortlaufen vor dem Fegefeuer, um inmitten der Hölle eine Zuflucht zu suchen.

„Madame Maintenant!?" rief Charles verängstigt in das Dunkel des Zeltes hinein. Er erschrak vor seiner eigenen Stimme, denn seine Worte hallten wider, als hätte er eine gigantische Halle betreten. Dabei müsste der samtene Stoff der Zeltwände jede Silbe verschluckt haben, jede Äußerung zu einem dumpfen Ton verkommen lassen, der kaum gesprochen, gleich verging.

Hier dauerte es aber mehrere Sekunden, bis seine Stimme vollends erstarb. Er testete dieses unheimliche Unterfangen ein weiteres Mal. „Madame Maintenant?!" rief Charles jetzt etwas gespielt bestimmter. Vier mal warf das vor ihm ausgebreitete Zwielicht seinen Ruf zu ihm zurück. Ein Echo, das nicht sein durfte was es war. Eingeschüchtert, blieb das humpelnde Wrack stehen. Er spähte ins Halbdunkel hinein und versuchte irgendetwas zu erkennen. Der Raum in dem er sich befand war anders als beim letzten Mal, alles war anders als beim letzten Mal. „Verdammt!" fluchte Charles. Er ertastete den Stoff der Zeltwand und schob sich an ihm entlang weiter in den Raum hinein. Am gegenüberliegenden Ende sah er Kerzenlicht. Langsam schob er sich in diese Richtung. „Hier muss dieser Laborraum sein…" dachte er zuversichtlich und ging auf das Licht zu. Als sein Gesicht von etwas netzartigem gestreichelt wurde, zuckte er so stark, dass sein Körper einen kurzen Sprung zur Seite machte. Er kam mit dem angebrochenen Fuß zuerst auf und schrie schrill vor Schmerz. Im Schein des Kerzenlichtes schaukelte der Traumfänger von der Decke, den Charles beim letzten Mal schon bemerkt hatte. Er war ihm durchs Gesicht gefahren und hatte ihn beinahe zu Tode erschreckt. Die kleinen Vogelköpfe, die sich in dem Gewirr des Traumfängers scheinbar verfangen hatten, flackerten immer dann kurz auf, wenn sie in den Schein der Kerze baumelten. Charles sah darin etwas unheiliges, etwas obszönes. Die Bewegung des schwingenden Traumfängers

# Nachtschauer

hatte eine ähnliche Auswirkung, wie die Bilder im ersten Kinematographen. Ein runder Karton, Schlitze, einzelne Bilder, Licht. Durch Drehen des Kartons vor der Lichtquelle entstand ein sich bewegendes Bild und später, jegliches Lichtspiel. Das Lichtspiel, das Charles zu sehen bekam, erzeugte den Eindruck, als bewegten sich die Vogelköpfe innerhalb des runden Traumfänger Rahmens. Sie warfen ihre knöchernen Köpfchen hin und her. Sie schienen sich befreien zu wollen, aus der Gefangenschaft der Fäden, in die sie versponnen waren. Das Netz gab quietschende Laute von sich, unter der Anspannung der sich hektisch hin- und her bewegenden toten Schädel. Charles starrte wie gebannt auf das surreale Schauspiel. Aus leeren Augenhöhlen blickten die knöchernen Überreste auf den gebannten Mann hinab, plötzlich begannen sie zu kreischen. Ein irres, panisches, fiependes Kreischen, wie es Krähen von sich geben, wenn sie sich aus menschlicher Umklammerung befreien wollen. Diese Umklammerung hier war nicht menschlich. Sie war nicht von dieser Welt, dessen war sich Charles langsam sicher.

So etwas war nicht möglich in seiner Welt. Diese Vögel waren tot. Diese Vögel waren lediglich Knochen. Als das Kreischen unerträglich laut wurde, schrie auch Charles. Er versuchte sich die Ohren zu zu halten, aber das hohe Kreischen drang in seine Ohrmuschel als würde es per Stecker direkt in seinen Gehörgang übertragen.
„Ruhe!", brüllte Madame Maintenant herrisch in den Raum. Auf der Stelle verstummte das Kreischen, der Traumfänger stoppte seine Bewegung und hing wieder starr von der Decke.
Nur Charles schrie noch. Als er dies bemerkte, schloss er den Mund, nahm die Hände von seinen Ohren und schaute Madame an. Sie schaute ihn mit dem Blick eines strengen Kindermädchens an. „Komm!" peitschte sie Charles entgegen. Madame verschwand hinter einem Vorhang, den sie zur Seite lupfte. Charles versuchte sich zu sammeln. Er wollte nichts von seiner Furcht preisgeben. „Ich kann sie riechen! Schon vergessen?" zischte Madame und drehte ihren Kopf leicht zur Seite, ohne Charles wirklich dabei anzuschauen. „Ich kann deine Angst riechen, mein Lieber! Und die hast du zu Recht, denn ich bin erzürnt… Warum hast du mich solange warten lassen?"
Charles versuchte Fassung zu bewahren. Erschöpfung, Schmerz, Verzweiflung und Wut hämmerten gegen seine Schläfen. Es schoß aus ihm heraus: „Pass auf, du alte…Hexe! Ich weiß nicht, wie du das alles machst, diesen ganzen Hokuspokus-Scheiß… Aber eins weiß ich genau…ich hab die Schnauze voll! Ich hab einen verdammt beschissenen Tag hinter mir und alles, was passiert ist, hab ich jawohl höchstwahrscheinlich DIR zu verdanken, du Fotze! Also, du kommst jetzt mit mir zur Polizei und erklärst, dass ich nichts dafür kann, dass das alles irgendein Trickscheiß von dir ist, oder…"
„Oder…WAS?!" flüsterte Madame unheilschwanger. „Oder ich mach dich fertig!" „So so", kokettierte Madame Maintenant. „Du machst mich also… FERTIG!? Apropos FERTIG... Deine Tropfen interessieren dich gar nicht mehr? Sie sind so gut wie…FERTIG, aber eine kleine Kleinigkeit fehlt ja wohl noch, hm?!" Madames Stimme änderte fast unmerklich ihren Ton, hin zu einem säuseln. Mit einer schmeichlerischen, übertrieben süffisanten Sprechweise, wie der einer Märchenerzählerin, die ihrer Geschichte ein erotisches Detail

hinzudichtet. „Du willst mich fertig machen, aber du hast es nicht einmal geschafft, mir das süße Blut aus dem Jungfernhäutchen deiner kleinen, zauberhaften Schwester zu bringen…?" Jetzt klang sie, als stecke ihre Zunge in Charles Ohr. Auf ihren Zucker glasierten Stimmbändern spielte eine symphonische Elfe Violine. „Dabei hätte ich es so dringend gebraucht. Nicht für deine Tropfen, die sind…FERTIG. Aber als Bezahlung für meine Dienste…denn ich liebe es doch so sehr, Jungfernblut zu schlecken…" Ohne sichtbare Bewegung stand sie plötzlich ganz nah bei ihm. Er war paralysiert, atmete kurz und heftig. Die Madame sank in die Knie, verschwand aus seinem Blickfeld und packte Charles in der Hüfte. Sie zog dem ohnehin beinahe nackten Mann, mit einem Ruck die Shorts hinunter und vergrub ihr Gesicht in seiner Scham. Mit der Zunge tat sie sich gütlich an den Resten der unfreiwilligen Liason von Charles' Schwanz und Schwesterchens Jungfräulichkeit. Das Ergebnis war mittlerweile bereits etwas krustig und es schmerzte Charles, wenn sie unachtsam Fragmente seiner Haut oder seines Schamhaares ausriss. Sie schleckte sich in eine Rage, die sie immer wilder und ekstatischer werden ließ.

# Nachtschauer

Sie blies nicht seinen Schwanz, wie beim letzten Mal, sondern sie leckte und knabberte an Penis und Hoden, wie ein Mädchen, für das es das Größte war, Eis mit kakaohaltiger Fettglasur vom Schokoguss nach und nach zu befreien, es zu zelebrieren, da das Vanille Eis darunter bloßes Beiwerk darstellte…

Charles presste sich mit eingezogener Brust an einen Zelt-Pfahl. Angewidert schaute er auf die animalische Szenerie hinab. Er fühlte sich von einem Tier bedrängt, das wie ausgehungert in einen Fresswahn geriet. Er sah den Kopf der Madame sich wirr hin und her drehend, als sei der Hals ein Gelenk, an dem sich das Gesicht mit der schnappenden Öffnung in immer neue, hektisch gesuchte Positionen begab, um ja nichts von der Kostbarkeit auszulassen. Fokussiert auf den Lieferanten des deflorierten Schatzes. Wie ein Irrwisch kam sie ihm vor und Charles wurde bewusst, während er auf das widerwärtige Geschmatze und Geschlecke hinabstarrte: „Ich muss das beenden!"

Über dem wirbelnden Kopf an seinem Schwanz sah er das Gesicht seiner Schwester Julia. Er sah ihre dicken Tränen, die aus großen Kulleraugen tropften und es zerriss ihm das Herz. Durch diese Vision drang immer wieder das Schmatzen und Wirbeln von Madames langen schwarzen Haaren an ihrem pulsierenden Hinterkopf. Er sah Frau Ludwig am Stück und schließlich zerlegt in ihre Einzelteile, er sah Yvonne zu einem Paket verpackt und hysterisch kreischend. Er sah das Glas, das auf dem Kopf des Obdachlosen zerbrach und wie dieser ruckartig zusammenbrach.

Charles rannen Tränen über's Gesicht und er fragte sich, ob er wirklich noch er selbst war oder schon längst ein anderer...oder... war er vielleicht gerade jetzt er selbst...?

Da legte Madame wie zum Orgasmus zuckend den Kopf in den Nacken und er konnte ihr wahres Gesicht sehen. Er starrte in ein verkrustetes Gewebe aus getrocknetem Schleim, kleinen schwarzen Würmern und Maden, die sich an der Stelle schlängelten, wo man ihre Wange vermuten mochte. Ihre Augen rutschten locker in schwammigen Höhlen hin und her und ihre Zunge war besetzt mit Fäulnis. Das lange, schwarz glänzende Haar war mit einem Schlag ergraut und stand wirr von ihr ab. Ekstatisch stürzte sie ihren Kopf wieder in Charles' Scham. Rasende Panik attackierte ihn und zwang ihn zu einem Hecheln. Er riss die Hände in die Höhe und ergriff auf einem grün beleuchteten Regal das nächst beste, an das er heranlangen konnte. Ein Glasgefäß! Er zerschmetterte es auf Madames Schädel. Der Fötus, der darin gefangen war, plumpste auf Madames Kopf, um dann am Boden aufzuklatschen. Sofort erwachte das Ding zum Leben. Es wand sich und kreischte erbärmlich. Charles drehte beinahe durch, konnte sich aber gegen Madames Kraft an seinen Lenden nicht zur Wehr setzen. Madame blickte zornig zu ihm auf. Fauchend entblößte sie ein Maul, indem dutzende spitze Reißzähne ahnen ließen, wozu sie imstande seien, wenn sie zum Einsatz kämen. Einige standen in Doppelreihe übereinander, andere kreuzten sich. Charles wusste nun, dass tatsächlich ein Dämon vor ihm knien musste – SEIN Dämon! Ein jungfernblutgeiler Dämon, der sich an ihm labte und der ihn wahrscheinlich zum Abschluss entmannen würde. Er stellte sich vor, wie diese Fratze im Blutwahn einfach weiter machen würde. Ein Biss – sein Schwanz würde in ihrem Mund verschwinden, noch während sie kaute, würde sie vermutlich sein Blut trinken, um den Leckerbissen

## Nachtschauer

runterzuspülen, ihn geschmeidiger durch die Speiseröhre zu schicken - wenn dieser Dämon so etwas besaß… Besudelt vom spritzenden Blut aus seinem Schoß, würde sie die lepröse Fratze erneut in seine Lenden tauchen, um auch noch seine Hoden hinunterzuschlingen. Vielleicht würde sie sich im Rausch in sein Becken hinein fressen und bis zum Hals in ihm verschwinden, wie der kleine Schlaraffe im Reisberg…

Charles bebte am ganzen Leib. Schweißgebadet wimmerte er in sich hinein, sog immer wieder Luft durch die Zähne und stieß sie hektisch wieder aus. Todespanik ergriff ihn. Wie ein wilder Stier warf er seinen Kopf hin und her, er versuchte zu erspähen, ob etwas in Reichweite in Frage kam, dieses saugende Monster zu stoppen. Das Kreischen des mutierten Fötus schien Madame zu irritieren. In einer blitzschnellen, schnappenden Handbewegung, griff sie danach und stopfte sich das verkrüppelte Grusel-Ding zwischen die blutverschmierten Reißzähne. Charles nutzte den Augenblick. Blitzschnell stieß er sich vom Pfahl ab. Die Shorts an den Knien hielten ihn vom laufen ab, also krachte er in eine blubbernde Versuchsanordnung mit viel Glas und seltsamen Flüssig-

keiten. Madame fuhr kauend herum. Ihre schwimmenden Augen blitzten böse. Das Föten-Ding zwischen ihren Zähnen schien sich zu wehren. Madames Kiefer öffneten sich unrhytmisch zuckend zwischen den üblichen Kaubewegungen. Es schien als stemmte sich der Fötus von der Innenseite des Mauls gegen Gaumen und Unterkiefer. Plötzlich geschah etwas, das Charles, wenn er dies alles hier überleben sollte, jede Nacht in seinen Träumen wieder sehen würde: Etwas bohrte sich von innen gegen das rechte Auge der Madame. Der ohnehin in der Höhle schwimmende Augapfel wölbte sich unnatürlich hervor und es schien, als hätte der Dämon plötzlich Probleme mit der Schilddrüse. Das Auge lugte froschig hervor und wabbelte wieder zurück an seinen Platz. Dann pulsierte es wieder vor und mit einem Mal, schälte es sich vollständig aus der nassen Augenhöhle heraus. Das modrige Auge, fiel auf die knochig-lehmige Wange, touchierte eine sich dort windende Made und riss sie mit sich in den Fall Richtung Boden. In der nun leeren Augenhöhle kam ein winziges Fäustchen zum Vorschein. Madame schrie auf, griff sich ins Maul und wühlte nach dem Fötending. Sie schob ihre Klaue bis zum Handgelenk ins Maul, doch das Fötending war nicht zu fassen. Charles fiel auf, dass er die Verwirrung hätte nutzen sollen, doch er war zu gebannt von diesem absurden Anblick, der sich ihm bot. Die Einmaligkeit dieser Szenerie in ihrer gesamten Unmöglichkeit, machte es ihm wiederum unmöglich, den Blick abzuwenden. Dieses grauhaarige Monstrum, das ihm eben noch Schwanz und Eier abgelutscht hatte, stand nun da, die eigene Faust tief im Maul, auf der Suche nach einem mutierten Fötus, der dabei war dem Dämon von innen die Augen raus zu quetschen... Er war fassungslos. Er musste starren. Aus dieser Starre befreite ihn Madames Vorstoß in seine Richtung. Sie setzte sich halbblind in Bewegung. Stakste nach vorn. Charles raffte sich auf. Ein weiteres Mal spürte er an diesem Tag die tiefen Einschnitte von gebrochenem Glas in seinem Fleisch. Beinahe hätte er über diese Ironie selbst lachen müssen. Doch dafür war keine Zeit. Er zog sich also an einem Labortisch hoch, stemmte sich auf die kühle Metallplatte, die nun übersät war von Splittern und Flüssigkeit. Hektisch sah er sich im Raum um.

Hinter sich hörte er das gurgelnde Herauswürgen des Fötusdings aus Madames Rachen...
Charles war am Ende, das spürte er nun. Die letzten Kraftreserven waren aufgebraucht und er stand gebückt an dem metallenen Versuchstisch, wandte der Furie den Rücken zu. Er stützte sich auf einem Ellenbogen ab, da die Hand dieses Arms gebrochen war und er mit der anderen versuchte, seine Shorts hochzuziehen. Als könne ein gewisses Schambewusstsein die ganze Situation ein wenig entschärfen, zog er die kurze Hose Stück für Stück nach oben. Es wirkte wie eine Übersprungshandlung. Wie die kleine Maus, die den nahenden Tod -in Form der sich vor ihr aufbäumenden Schlange spürt - und plötzlich beginnt, sich das kleine Fell zu putzen. Dies tat sie nicht, weil sie frisch frisiert ins Mäusehimmelreich eintreten will. Auch nicht, weil sie sich der Schlange reinlich in den Rachen werfen mag. Sie tut es, weil ihr Gehirn, ihr Bewusstsein durch die Übersprungshandlung des Putzens von den Schrecken ihres nahenden Todes ablenkt, die Realität im letzten Moment quasi ausblendet. Denn jedes durchschnittliche Geschöpf würde panisch davonrennen, kreischen, fiepsen, kämpfen. Wenn jedoch ein auswegloser Moment

gekommen war, tat das handelsübliche Hirn gern solcherart Dinge.
Obwohl Charles weiß Gott nicht besonders gläubig war, erging es ihm in diesem Augenblick genau wie Milliarden anderer Menschen auf der Welt. Er verfiel in ein Gebet.
Während die Furie mit dem Fötenmaul würgend und kreischend auf ihn zu polterte, verschränkte er die Hände zu einem Stoßgebet gen Himmel. Irgendwie war ihm, als müsse er seine Scham bedecken, wenn er sich an den Schöpfer wenden wollte, deshalb stand er nun mit hochgezogenen Shorts da. Und auch wenn er es selbst nicht registrierte... Dies WAR eine Übersprungshandlung!
„Lieber Gott im Himmel, geheiligt werde dein Name. Dein Reich komme, dein Wille geschehe, wie im Himmel so auf Erden. (Das „täglich Brot" ließ er in der Hektik aus...) Vergib uns unsere Schuld, wie auch wir vergeben unsern Schuldigern. Führe uns nicht in Versuchung, sondern (er begann zu schreien) ERLÖSE UNS VON DEM BÖSEN! DENN DEIN IST DIE KRAFT UND DIE HERRLICHKEIT IN EWIGKEIT, AMEN!"
Während er die Worte an die Decke des Zeltes brüllte, kniff er die Augen so fest zusammen,

# Nachtschauer

dass die Tränen dazwischen, lediglich schimmerten, aber nicht herauskullerten. Sie hingen zwischen seinen Lidern fest und bildeten eine glänzende Trennlinie inmitten des vor Anstrengung faltigen Augenfleisches. Charles erwartete einen Stoß von hinten. Einen Ruck in seinem Rücken, der ihn nach vorn werfen würde, dann Krallen, die sich in sein Fleisch bohrten und im Wahn Stücke herausrissen, wie Grasbüschel aus einer saftigen Weide. Dann würde er die dolchartigen Zähne spüren, die sich vermutlich in seinen Hintern graben würden, sich einen Weg nach vorne bahnend zu der Dämonen-Delikatesse: Seiner Männlichkeit.
Er kniff die Augen noch fester, noch enger zusammen und wartete auf den Aufprall... Doch nichts von all dem geschah. Auch die entsetzlichen Geräusche des Madame-Monsters nebst Fötending waren verstummt...
Eine Gänsehaut begann ihren Weg in Charles Nacken, um dann sturzbachartig wie eine zeitraffernd wachsende Blumenwiese auf seinem gesamten Rücken zu erblühen. Er wollte die Augen nicht öffnen, aber er musste. Also entließ er die Anspannung aus

seinen Lidern langsam, vorsichtig. Es schien ihm, als sei er stundenlang dagestanden. Wie aus einer Betäubung erwachte er aus seinem Angstgebet. Verschwommen sah er die ersten Details vor sich. Er stand vor dem Versuchstisch, dahinter begann eine Regalwand voll gestopft mit bauchigen Glasbehältern, Einmachgläsern und Phiolen. Als seine Sehkraft wieder vollständig anwesend war, bat er sie inständig, ihn bei seiner Reise durch den Raum zu unterstützen und so drehte er den Kopf langsam nach rechts. Sein Blick schwenkte an den Regalen vorbei, er traf auf den Pfahl, an dem er eben noch von dem Blutdämon oral vergewaltigt wurde. Langsam drehte er seinen Oberkörper hinterher. Er hatte Angst vor dem, was er sehen würde. Egal was es war, eigentlich wollte er es nicht sehen...
Er wünschte sich nur noch fort von diesem Ort. Etwas in ihm zwang seinen Oberkörper, sich weiter zu drehen und als er beinahe vollständig eingedreht war, berührte ihn plötzlich etwas krustiges an der Wange. Er zuckte, wie unter einem Stromstoß zusammen und blieb wie angenagelt stehen.
Er konnte es im Augenwinkel nicht erkennen, also schöpfte er noch einmal ganz tief in seinem Innern eine kleine hölzerne, aber löchrige Kelle Standhaftigkeit vom Boden seines Mutbrunnens und drehte den Kopf.
Vor seinem schwitzenden Gesicht, stand ungefähr Handbreit nah das Gesicht des Madame-Dämons. Aus ihrem Mund ragte bewegungslos das Fötending etwa zur Hälfte heraus. Das Gewürm in ihrem Gesicht lugte reglos, in bohrender Bewegung verharrt, aus kleinen Krustenlöchern hervor. Die Mimik der Madame war eine Fratzenmelange aus Hass, Wut, Entrüstung und Erstaunen. Aber… sie bewegte sich nicht! Sie atmete nur. Charles konnte ihren Atem hören und vor allem riechen. Es war ein fauliger, modriger Gestank, der ihn an Jahrhunderte alte Kellergewölbe erinnerte. Feuchtigkeit und Verwesung waren dort zu Haus und paarten sich zu einem Geruchscocktail, der stark an Vergänglichkeit erinnerte. So war es auch hier, im Rachen der Madame. Wie alt mochte so eine Dämonenfrau sein, fragte sich Charles. Wie viele unschuldige Jungfrauen hatte sie wohl schon mit ihrer durstigen Fäulnis-Zunge defloriert? Was fand sich wohl sonst noch in ihren Eingeweiden, wenn es denn welche gab? Ihrem Atem nach, musste der Verwesungsprozess ihrer Organe bereits vor De-

kaden begonnen haben. Charles konnte ihn beinahe nicht ertragen, aber er konnte sich auch nicht abwenden. Zu sehr fürchtete er, diese stillstehende Furie mit einer unachtsam, hektisch ausgeführten Bewegung zu erwecken, ihren Biss in Gesicht oder Kehle nur noch hinnehmen zu können, um dann mit dem Geschmack seines eigenen Blutes im Mund unter einem blubbernden Kreischen sterben zu müssen. Also atmete er flach und leise. Auch das Fötending schien zu atmen, bewegte jedoch keine Faser. Charles bewegte sich in Zeitlupe. Langsam schob er den Kopf ein wenig nach hinten, vergrößerte so den Abstand zwischen ihren beiden Gesichtern. Madame bewegte ihr verbliebenes Auge. Es verfolgte Charles Bewegung. Als er dies sah, stoppte er abrupt und fühlte einen Guss Eiswasser durch seine Venen pumpen, geradewegs in sein Herz, wo der Schock, gefühlt, ein beinahe tödliches Kammerflimmern bewirkte. Er erschrak ultimativ. So sehr, dass in seinem Gesicht einige Muskeln über seiner Oberlippe anfingen zu zucken, immer und immer wieder. Die Nervosität zuckte unangenehm zwischen Oberlippe und Wange. Als er sich wieder gefangen hatte, bemerkte er, dass der Dämon zwar das Auge bewegt

# Nachtschauer

hatte, aber ansonsten wie angewurzelt stehen blieb. Also lehnte er sich vorsichtig aus seinem Blickfeld, schob den eigenen Oberkörper, der noch parallel zu Madames stand, an der Labortischkante entlang, so dass er aus der bedrohlichen Nähe zu ihr seitlich abtauchen konnte. Hastig machte er einen Satz von ihr weg. Sofort überprüfte Charles, ob ihr Blick seinen Bewegungen folgte, doch sie stand einfach nur da und schaute scheinbar auf die Regale. Ihre Krallen hielt sie abgespreizt, wie bereit zum Angriff, doch irgendetwas hatte sie in der Bewegung erstarren lassen. Er verstand nichts von alldem, aber es war ihm auch egal, sein Gebet war scheinbar erhört worden. War die Kraft eines Gebetes so machtvoll, dass es wie der Wille, Berge versetzten konnte. Hatte ein inständiges, ein aus vollstem Herzen kommendes Gebet ähnliche Stärke wie die Selbstheilungskräfte? Setzte ein Gebet etwa eine Kraft frei, die dafür sorgte, dass man zu mentalen Taten befähigt wurde, konnte man durch die ultimative Konzentration der Angst über sich hinaus wachsen? Dann wäre ein Gebet in Wahrheit nicht an Gott, nicht an eine metaphysische Person gerichtet, sondern an den Betenden selbst. So stand es quasi in der Bibel. „Hilf dir selbst, dann hilft dir Gott!" Was, wenn tatsächlich jeder Mensch Gott war und in kollektiver Einheit die Welt mit all ihren Geschöpfen. Dann machten die Gebote plötzlich noch mehr Sinn. Dann tat man schließlich alles was man anderen antat, sich selbst an. Und Gutes war ein Bumerang... War also ein Gebet, das dem Wortstamm entsprechend immer eine Bitte war, ein Gespräch, geführt mit nackter Seele, offen und unzensiert, da es keine Zuhörer gab, vor denen man sich verstellen musste?! War ein Gebet also die einzige Möglichkeit vor sich selbst wahrhaftig zu sein, der einzig ehrliche Moment mit sich selbst?! Dann konnte vielleicht der geheime Wunsch des Augenblicks metaphysisches leisten. Der Wunsch unmögliches zu vollbringen, gewünscht von einem bangen Herzen, mit der Kraft der Hoffnung, mit der Kraft des Jetzt oder Nie. Viele Berichte sprachen von Menschen, die sich nach unfassbaren Leistungen, selbst nicht erklären konnten, wie sie zu solchen Taten fähig waren. So wie der Mann, der es schaffte ein Auto für Sekunden anzuheben, damit ein eingequetschtes Kind unter dem Reifen hervorkrabbeln konnte. Wenn der Glaube an die unbändige Kraft, solche Taten vollbringen konnte, warum sollte ein Gebet, gesprochen aus größter Todespanik, nicht auch mentale Gewalt freisetzen, die scheinbar als Bannspruch wirkte?! Parapsychologen sprachen von ausgelagerter Energie, die Wut, Verzweiflung, positives wie negatives Denken freisetzen konnten. Tetawellen in den Hirnen körperbehinderter Menschen konnten Dinge bewegen ohne sie zu berühren. Telekinese, Placebos, bisher alles Mumpitz in Charles' Welt und doch war es passiert. Ob es Charles gelungen war, den Anteil Gott in sich zu entdecken und nun seine Kraft beanspruchen durfte, oder ob die Dämonen-Madame ganz einfach allergisch gegen fromme Worte war, vermochte Charles nicht einmal zu erahnen. Dafür war er viel zu simpel...

Für ihn war maßgeblich, dass es so bliebe, wie es war. Dieses Ding durfte nicht wieder aufwachen. Er musste raus, wollte nur noch entkommen. Also sah er sich vorsichtig im Raum um. Ihn beschlich die Furcht, der Ruhe vor dem Sturm ausgesetzt zu sein. Er wollte sich nicht in Sicherheit wähnen, er wusste dass Übermut sein Todesurteil bedeuten konnte. „Jetzt bloß keinen Fehler ma-

chen", sagte er sich. „Eine Waffe!" schoss es ihm durch den Kopf. Vorsichtig setzte er einen Fuß in Richtung Regal. Eine weitere Gänsehaut überraschte ihn bei dem Gedanken, in Madames Blickfeld zu treten und sie so womöglich aufzuwecken. Er hatte keine Ahnung, was passiert war, aber genauso plötzlich, wie sie erstarrt war, konnte sie schließlich plötzlich auf ihn springen. Er hatte schlicht und ergreifend eine Scheißangst!
Bei jedem Schritt Madame beobachtend, schlich er rüber zum Regal. Er ließ sie nicht aus den Augen. Das diffuse Licht im Raum ließ sie noch unheimlicher erscheinen - wie sie so dastand zum Absprung bereit, mit ausgefahrenen Klauen. Er ging auf das Regal zu, doch um nach etwas waffenartigem zu suchen, musste er ihr den Rücken zuwenden und genau das wollte er unter allen Umständen vermeiden. Also schaute er kurz ins Regal und sofort wieder zu Madame. Nichts. Keine Bewegung. Er drehte den Kopf wieder zum Regal und tastete die einzelnen Bretter mit einem gezielten Blick regelrecht ab. Zurück zu Madame. War da nicht eine Bewegung? Paranoia sagte „Guten Tag" und schlich scheinheilig um den verängstigten herum, machte es sich dann

# Nachtschauer

schließlich in seinem Nacken bequem. Er ging zwei Schritte. Schaute sich wieder um. Keine Bewegung von Madame oder Fötus. Nun traute er sich etwas länger bei den Regalen zu verweilen. Charles untersuchte sie ordentlich. Sein Blick traf verschiedene Glasbehälter. Kryptische Zeichen waren auf einige Etiketten gemalt, er konnte sie nicht entziffern. Andere waren mit Symbolen versehen. Er nahm ein Gefäß in die Hand. Innen schwappte eine rötlichgelbe, zähe Flüssigkeit. Auf dem Etikett war ein Ungetüm abgebildet. „Leviathan, der Gehörnte", stand darüber... Auf einem Glutgitter liegend, über züngelnden Flammen. Aus seinem Mund spie er die Seelen der Verdammten wirbelnd in die Höhe. Verwirrt nahm Charles das Glas vors Gesicht. Er untersuchte es und fragte sich, was wohl darin war. Seine Neugierde siegte über die Furcht. Er schaute noch einmal kurz zu Madame herüber, dann legte er die Hand auf den Deckel. Langsam schraubte er... es knirschte ein wenig. Als der Glasdeckel nur noch locker auf dem Behältnis ruhte, atmete er noch einmal kurz ein und nahm ihn schließlich ab.

Die Flüssigkeit roch nach Schwefel und angesengtem Fleisch, da schnellte die erste Flamme in die Höhe. Er spürte die Hitze, die das Feuer aus dem Glas mitbrachte. Es roch wie eine Flamme, es bewegte sich züngelnd wie eine Flamme und es war heiß, wie eine Flamme. Doch etwas war anders… Diese Flamme wirkte in ihrer Konsistenz, wie eine Flüssigkeit. Stofflicher als eine diffuse Flamme bewegte sie sich. Irgendwie fester. Fasziniert starrte Charles auf das Schauspiel. Er erinnerte sich, wie er als kleiner Junge vor dem Kamin seiner Eltern gesessen hatte. Im Schlafanzug kurz vorm zu-Bett-gehen. Wenn sein Vater bemerkte, wie gebannt Charles in das Feuer starrte, sagte er jedes Mal: „Sohnemann, starr nicht so in das Feuer, sonst pinkelst du heute Nacht ins Bett!" Charles wusste bis heute nicht, wie sein Vater darauf gekommen war, aber es musste eine dieser Weisheiten gewesen sein, die irgendwie von Generation zu Generation überliefert wurden. Er spürte beim Gedanken daran wieder die leise Furcht vorm Bettnässen, die er fühlte, wenn er hinauf in sein Zimmer ging und beim Krabbeln ins Bett an die Worte seines Vaters dachte: „…sonst pinkelst du heut Nacht ins Bett!" Er konnte wie damals die Wärme auf seinem Gesicht spüren, die das Kaminfeuer hinterlassen hatte. Es fühlte sich an, als glühe seine Gesichtshaut. Es war eine wunderschöne Wärme, die er genoss. Er nahm dann jedes Mal den hölzernen Geruch der Scheite in der Nase mit. Je nachdem, welches Holz sein Vater geschlagen hatte. In diese gleichsam von innen wärmenden Gedanken versunken, hob er die gebrochene Hand. Wie verzaubert ließ er seine Finger in die Flammen gleiten. Er musste sie anfassen. Mittlerweile züngelten zwei weitere Flammen aus dem Glas, bis etwa in Charles Augenhöhe, verspielt vor seinem Gesicht. Seine Finger glitten wie automatisch ins Zentrum der züngelnden Triade. Er ließ die Hand von ihren Spitzen umschmeicheln und sah zu, wie sie sich lasziv Zentimeter um Zentimeter erschlichen, bis sie in einiger Dreisamkeit Charles' Hand vollständig mit ihrer lavanen Röte vereinnahmten. Nun war nichts mehr von seiner Hand zu erkennen. Unterhalb des Gelenks waberte ein rotgelber Feuerklumpen, der sich, in immer neuen Bahnen mit sich selbst vereinigte. Als hätte Charles seine Hand in einen riesigen Honigtopf aus Feuer gesteckt und als brennenden Stumpen wieder heraus-

gezogen. So stand er nun da und hielt seinen Arm vors Gesicht, drehte seine brennende Hand langsam hin und her. Schmerz verspürte er nicht, nur Faszination…
Der plötzliche Sog entstand von innen heraus! Zuerst bemerkte Charles ihn gar nicht, doch dann wurde er immer stärker und begann aus der inneren Mitte des Feuerklumpens zu wirken. Es fühlte sich an, als würde das Feuer an seiner Hand saugen… ziehen. Aber wozu? Charles' Gedanken überschlugen sich. Langsam kehrte er aus der Lethargie der Überwältigung zurück in die Zeltrealität. Er sah auf das Gefäß, blickte auf das Regal, drehte den Kopf zu Madame, die immer noch dastand, wie zuvor. Er schüttelte seine Hand, wollte das Feuer abstreifen. Doch mit einem Male hing der gesamte Inhalt des Glases an ihm. Das Behältnis war nun leer! In ihm kroch sein alter Bekannter Panik auf einer sehr stabilen Leiter wieder an die Oberfläche. So sehr er auch die Hand schüttelte, das Feuer schlang sich nur mehr jetzt sogar schon um seinen Unterarm. Der Sog wurde unerträglich. Er fühlte ihn innerlich. Es war, als ob sich in ihm etwas lösen würde. In seinem Körper entstand ein

# Nachtschauer

Aufruhr. Er fühlte sich aufgewühlt. Zum ersten Mal spürte er tatsächlich, was dieses Wort wohl bedeuten sollte. Innerlich aufgewühlt. Aber was wurde da in ihm aufgewühlt? Seine Organe wähnte er noch am üblichen Platz. Es war kein physischer Druck in ihm, kein körperliches Unbehagen, oder gar Schmerz. Der Sog wirkte mehr auf seine Emotionen, sein Denken, seine Sinne. Nein, dachte Charles, das war es nicht, was durcheinander geriet. Es wirkte tiefer in ihm. In seinen Arm hinein, in Richtung Hand, schossen Gedanken, Gefühle, Fragmente seiner Erinnerungen. Ihm wurde ein wenig schwarz vor Augen. Kleine weiße Punkte flimmerten vor seinen Augen, da wurde es ihm bewusst: Der Sog des Feuers wirbelte in Charles' Bewusstsein... nach seiner Seele! Als löse sich Tapete unter dem Sog einer Turbine, so fühlte er seine Seele in seinen Arm entschwinden. Als schäle sie jemand aus seinem Inneren, eine Ausschabung seiner Selbst. Er musste diesen Feuerball loswerden! Unter heftigem Schütteln wirbelte er seine gebrochene Hand hin und her. Er spürte keine Schmerzen. Als habe der Feuerball seinen

Bruch betäubt, konnte er sie ohne jegliche Schmerzen bewegen. Die zähen Flammen ließen nicht von ihm ab. Er konnte sie nicht abschütteln. In seiner Verzweiflung stieß er die Hand mehrmals auf den Labortisch. Es schepperte. Wie ein Irrer kämpfte er mit seiner Hand und ließ sie wieder und wieder auf den Tisch krachen. Nichts tat sich... Jetzt lag er auf dem Tisch, rollte ungeschickt darüber und krachte vor den Füßen der Madame auf. Wild stieß er um sich und traf, mehr versehentlich, mit einem Schlag Madame, die nach wie vor reglos dastand, in den Magen. Der Feuerball verschwand samt Faust im Körper der Furie und blieb dort einen Moment still. Charles erschrak, da seine Feuerhand in den Körper der Madame eindrang, als sei er aus Wachs. In ihrem Gesicht regte sich nichts, nur das eine wabernde Auge schielte hin und her, rollte wie wild in der Höhle und schien einen panischen Ausdruck anzunehmen. Charles spürte, wie seine Hand in Madame rührte, er hatte keinen Einfluss darauf. Die Hand hatte sich durch das Feuer verselbständigt. Er versuchte die Hand aus Madame's Bauch herauszuziehen, doch sie drehte sich unablässig in ihr hin und her. Plötzlich spürte er die Wärme des Feuers abnehmen und es schien ihm als löse sich der flammende Ball langsam von seiner Hand, wie Honig vom Löffel. Gegen sein Ziehen gab es jetzt keinen Widerstand mehr und er krachte rücklings gegen den Labortisch. Charles prellte sich den ohnehin schon geschundenen Rücken und schrie laut auf. Als er sich wieder gefangen hatte, schaute er auf seine Hand – sie war frei! Der Feuerball war verschwunden... Mit ihm der Sog in seinem Innersten. Das Ziehen in seinem Bewusstsein hatte aufgehört. Er fühlte, wie sich die Melange aus Gefühlsregungen, Gemütszuständen, Erinnerungen, Sorgen und Ängsten sammelte und gleich einer Warmwasserwelle in seinem Inneren verteilte. Alles war wieder an seinem Platz. Diese Erfahrung ließ ihn in diesem chaotischen Augenblick einen Moment verharren. Andächtig stand er einfach da und schaute ins Nichts. Denn er hatte gerade eben seine Seele gespürt...Zum ersten Mal... Er wusste nun mit Gewissheit, dass sie existierte. Es gab sie tatsächlich. Bisher hatte er sich darüber nur die handelsüblichen Gedanken gemacht und war schließlich zu dem Ergebnis gekommen, wie es Innen aussähe, sei ihm scheißegal – wichtig sei das Äußere! Nun wusste er, dass da mehr war. Er begann sich und sein Leben in Frage zu stellen. Wie er eben noch dastand und zum ersten Mal um seine Seele kämpfte, das war eine Qualität, die er noch nicht kannte. Bisher war ihm sein Seelenheil egal gewesen. Er erinnerte sich an das viele Mobbing, mit dem er sich seinen Posten erkämpft hatte. Und er erinnerte sich auch an die letzten Darlehensverträge, die er kurz vor der Übernahme durch Heuschrecken - Investoren jungen Familien aufgeschwatzt hatte. Obwohl er wusste, dass die Bank so gut wie verkauft war und die neuen Schuldner die langen Laufzeiten für die lebensfeindlich hohen Kredite drastisch verkürzen würden, ließ Charles die jungen Familien ihr finanzielles Todesurteil unterschreiben. Jedes Mal sprach er sanftmütig von „Vertrauen" und von „keine Sorgen machen". Obwohl er ganz genau wusste, was er da tat, hatte er immer dieses vertrauenswürdige, selbstzufriedene Siegerlächeln. Nach solchen Abschlüssen traf er sich dann immer mit seinen Jungs in seiner Lieblingsbar und schmiss einige Runden. Seine Freunde wussten nicht, dass sie auf das Elend von Charles Opfern tranken. Er sagte dann immer

# Nachtschauer

schlicht: „Leute, ich geb' einen aus, ich war heute mal wieder GUT!" Ihm wurde jetzt zum ersten Mal bewusst, das „Gut sein", in der Arbeitswelt oft Schlechtes bedeutete und er fragte sich, ob er in diesen Situationen jedes Mal ein Stück seiner Seele bereits verloren hatte. Denn bisher hatte er nicht einmal für den Erhalt gekämpft. Im Gegenteil: Er hatte sich kampflos ergeben, in den „Triumph des Willens" und war so vordergründig zum Gewinner geworden. Der Gewinner in einem seelenlosen Spiel um gewisse Annehmlichkeiten, mit denen man jedes Gewissen verliert und letztlich die Löcher im eigenen Herzen doch nicht zu stopfen vermag…
Während sich der Aufruhr in ihm legte und seine Bewusstseinsbausteine an ihre Plätze zurückrutschten, streifte etwas sein Herz. Ein Keimling. Ein Spross. Er spürte es nur ganz sachte, aber es war da! Etwas Neues. Die Flammen mussten etwas in ihm freigesetzt haben. Zurechtgerückt… Hatten sie etwas ausgebrütet, das erst befeuert werden musste. War durch die Wärme etwas in ihm entstanden? Charles stand verdutzt da und versuchte

dieses neue Gefühl einzuordnen. Was da an seinem Herzen vorbeischrammte, war ein Gewissen und es war schlecht. Er spürte es in der Magengegend. Ein ungutes Gefühl, das ihn mit einem Mal belastete, beschwerte. Er empfand Mitleid mit all den Leuten, die er betrogen hatte. Mit den Leuten, für deren Unglück er verantwortlich war. Sein Hals verdichtete sich zu einem Kloß. Das atmen wurde ihm schwer und sein Herz pochte wild in seiner Brust. Die Mundwinkel zogen sich nach unten und plötzlich war es, als läge eine massive Steinplatte auf seinem Brustkorb. Er schnappte nach Luft, seine Augen füllten sich mit Tränen und sein ganzer Körper begann fürchterlich zu weinen. Bebend, riss er den Mund auf, noch tonlos kniff er die nassen Augen zusammen, seine Gesichtsmuskeln spannten sich und verzerrten das Hübsche an Charles zu einer verzweifelten Fratze.
Als ein befreiendes Wehklagen aus seinem Rachen drang, löste sich mit jedem Atemstoß die Last auf Charles Brust. Jeder Laut schien etwas von seiner Traurigkeit mit sich hinaus zu transportieren. Auf Wellen des Wehklagens drang Charles schlechtes Gewissen nach draußen.
Als er sich langsam wieder gefangen hatte und erschöpft, aber befreit durchatmete und die Nase hochzog, bemerkte er, dass er seine Hand in jede Richtung bewegen konnte ohne Schmerz. Sie stand nicht mehr unnatürlich zur Seite, sondern der Bruch war geheilt… Das war es also, dachte Charles. Die „Wunderwüchse der Natur", die Madame angepriesen hatte. Dieses „Elixorium" hallte in Charles Erinnerung Madames Stimme wider, war eine Goldgrube. „Wer weiß, was die alte Irre sonst noch für Mittelchen parat hat?!" sagte der Geschäftsmann in ihm und schaute neugierig zu den Regalen rüber. Er stakste um den Tisch herum und griff ins Regal. Ein Geräusch hinter ihm, ließ ihn herumfahren. Er sah Madame vibrierend unter einer Kraft, dessen Quelle er nicht erkennen konnte. Ihm fiel ein, dass die flüssigen Flammen in ihrem Bauch rumorten. Er fragte sich, ob dieses Biest wohl überhaupt eine Seele hatte und wenn ja, was würden die Flammen in ihr hervorholen? Er hatte diesen Gedanken kaum zu Ende gedacht, da geschah es:
Die starre Madame erbebte unter dem Wirken des Feuerballs in ihrem Innern. Ihre hässliche krustige Fratze tauschte den Platz mit dem verführerischen Gesicht der Madame und wieder zurück. Es war wie inmitten einer Meta-

morphose, die nicht vollständig abgeschlossen werden konnte, da die Chromosomen in gleicher Anzahl vorhanden waren und somit nicht entschieden werden konnte, welche Anlagen nun die Oberhand behalten sollten. Jedes mal, wenn das hübsche Gesicht der Madame aufblitzte, sah Charles in ihrer Mimik Entsetzen, in ihren Augen Panik. Als Charles wieder in die Fratze der Furie schaute, sah er die Veränderung: Die Fratze blähte sich auf. Es schien, als blase ein Balg in ihrem Inneren. Knapp unter ihrer Brust, prangte ein faustgroßes Loch. Dahinter loderte wild das Licht der Flammen.
Auch ihr Brustkorb blähte sich in Schüben auf. Ebenso der gesamte Bereich über den Hüften.
Das Loch klaffte auf und zu und die ganze Erscheinung hatte etwas Obszönes, das bei Charles Übelkeit hervorrief. Ihr ausgestoßenes Auge formte sich in der Höhle neu. Wie in einer Sanduhr der untere Bereich der abgelaufenen Zeit stetig zu einem pyramidenförmigen Sandhügel erwächst, so entstand Madames fehlendes Auge. Zuerst flüssiges Weiß, das, sich festigend, in Richtung Höhlenmitte wuchs. Dann kam so etwas wie eine Pupille hinzu.

# Nachtschauer

Schwarz mit Blut gefüllten Adern. Weiter unten waberten die Flammen weiter und plötzlich öffnete sich das Loch in Madames Bauch etwas mehr. Charles konnte nicht fassen, was er sah: Diffuse menschliche Gesichter mit aufgerissenen Mündern entwichen dem Bauchkrater, geradewegs auf ihn hinzu. Schnell duckte er sich. Sie schwebten an ihm vorbei und verflüchtigten sich gen Zeltdecke. Ein lautes Raunen war zu hören und ein Geräusch, als würde Gas entweichen. Zischelnd, strömte es aus ihrem Bauch und ganz plötzlich war alles still. Mit einem Mal schoss aus dem schwarzen Loch in Madames Bauch der Flammenball. Mit einem Fauchen hielt er auf das offene Glas zu, verschwand darin, der Deckel senkte sich auf den Rand, drehte sich dreimal, wie von Geisterhand geführt und verschloss das Spektakel. Für einen kurzen Augenblick war es, als sei nichts passiert. Doch dann hörte Charles ein ungutes Geräusch aus dem Furienbauch. Es klang als hätte jemand Leder auf einer Streckbank fixiert und würde dies' nun bis aufs äußerste dehnen. Es krachte und ächzte in ihrem Bauch und die Furie schien zu bersten unter einer Erschütterung, die aus ihrem Inneren kam. Charles hielt sich am Labortisch fest und lugte über den Rand. Er sah, dass sich dem Loch von innen der Rücken der Furie näherte. Fleischiges und auch Knochen rückten von der Innenseite näher an das Loch heran. Es wirkte, als presse jemand ihre Rückseite mit festem Griff gegen die Vorderseite. Verfaulte Organe kamen zum Vorschein und platschten aus dem Krater. Charles wurde wieder übel, aber er konnte nicht wegsehen. Madenzerfressene Eingeweide, wurmstichige Innereien, alles trat hervor und zwängte sich durch die faustgroße Öffnung in der Mitte von Madames Leib.

Als alles Innere vor Madame auf dem Fußboden lag, wurde das Bersten und Ächzen in ihrem Torso lauter. Nun kam die Wirbelsäule. Knirschend schob sie sich wie eine Schlaufe durch das Loch. Die Wirbel rissen Teile des Loches weiter auf, so dass nunmehr eine Art Krater in ihrem Bauch prangte und für mehr Platz sorgte. Sofort schob sich mehr Fleisch durch die Öffnung. Ihr gesamter Rücken quetschte sich unablässig durch ihren Bauch. Charles konnte dieses Schauspiel nicht fassen. Er glaubte, jeden Moment aufzuwachen, aus diesem Albtraum, doch es kam schlimmer. Durch den Krater in ihrem Bauch sog sich ihr gesamter Leib. Unter zuckenden Bewegungen des ganzen Körpers, als würde Madame von Spastiken geplagt, kehrte sie sich durch das Loch schließlich von innen nach außen. Das Ergebnis war eine madige, blutige Körperhülle, aus sehnigem, faserigen Matsch. Vor Charles lag die Umkehrung der Furie. Unfreiwillig breitete sie vor ihm ihr Innerstes aus. Der Kopf war das Widerlichste. Ein roter, grinsender Totenschädel mit unnatürlich langen Zähnen. Glubschaugen lagen wie aufgesetzt auf den nervenumzäunten Aussparungen. Jeder Muskel, jede Sehne war zu erkennen. Durch den Riss in der Mitte, hatte sich die Schädeldecke geteilt und das Hirn war herausgeplatzt. Nun lagen über der Stirn zwei leere Halbschalen und Charles blieb nur, sich in einem satten Strahl zu übergeben. Zum dritten Mal für heute...

Als er sich wieder gefangen hatte, richtete sich Charles auf und drehte sich zum Regal.

„Es ist vorbei!" dachte er erschöpft und stützte sich an einem Regalbrett ab. Das Holz war klamm und rissig. Er nahm ein weiteres Glas zur Hand, da er sehen wollte, was Madame außerdem angemischt hatte. Er sah einen Baum auf dem Etikett. Bei genauerem Hinsehen, erkannte er, dass dieser aus zwei Bäumen bestand. Zwei Bäume, die sich umschlängelten und deshalb wirkten, wie ein einziger. Ihre Wurzeln ragten tief in die Erde hinein, offenbar bis zu ihrem Kern. Darüber war das Zeichen für Unendlichkeit gemalt. Eine liegende 8. An einem Gummiband hing ein Zettel. Charles las: „Asche der Fruchtbarkeit"
Charles konnte nichts damit anfangen, doch er stellte das Glas auf den Tisch, denn er wollte, bevor er ging und die Polizei an diesen Ort führte, um sich selbst zu entlasten, noch einige Gläser aussuchen, die er später gebrauchen konnte. Er erinnerte sich daran, daß Madame sagte, sein Haarwuchsmittel sei fertig. Also ergriff er einige Gläser, stellte sie auf den Tisch und machte sich daran nach einer Tüte, Tasche oder dergleichen zu suchen.
Bei seiner hektischen Suche in den Regalen, entdeckte er ein Buch. Es war braun und ledrig, es wirkte sehr benutzt und sehr alt.

## Nachtschauer

Er musste es mit zwei Händen greifen, zu groß und zu dick war der schwere Einband, der sich anfühlte, als habe er ewig in der Sonne gelegen. Trocken und ausgedorrt fühlte sich das Werk an. Charles konnte grobe Risse ertasten. Er strich darüber und es schien ihm, als höre er Madame seufzen. Hektisch drehte er den Kopf. Nichts! Nur Einbildung...
Schnell legte er das schwere Buch auf den Tisch und schlug es auf. Beim Aufprall machte der Einband ein dumpfes Geräusch, als er auf die Platte aufschlug. Vorsichtig blätterte Charles in den vergilbten Seiten. Steife, uralt anmutende, knittrige Seiten wie Pergment. Es raschelte bei jeder Berührung. Charles sah gezeichnete Abbildungen von Pflanzen. Daneben Anweisungen für die Zubereitung. Pfeile deuteten auf bestimmte Teile der Pflanzen. Charles wurde bewusst, dass vor ihm das Rezeptbuch der Madame lag. Rezepte für seltsame Mixturen...
Er erschauderte, als er beim Blättern verschiedene menschliche Körperteile entdeckt und ihm bewusst wurde, dass auch diese für irgendwelche Rezepturen verwendet werden sollten. Er sah

ein halbes Auge, verschiedene Innereien und Gesichtshaut, die auf der Abbildung wirkte, wie eine Latexmaske, aber eindeutig menschlichen Ursprungs war. Denn darüber stand in einer zittrigen Handschrift geschrieben: *„Gesicht des Feindes" – verhasst und voll von negativer Energie.* Die Überschrift für das Rezept lautete: *„Schönheitssalbe"...*
Fasziniert ließ er die Seiten zwischen Daumen und Zeigefinger laufen. Ein flatterndes Geräusch erfüllte den Raum. -Flapp-Flapp-Flapp- Dabei präsentierte ihm das Buch ein groteskes Daumenkino aus Darstellungen gesammelter Perversion. Ein Fötus, neben einem Topf mit Kräutern, Hieroglyphen und menschliche Einzelteile neben Tierköpfen, ein ausgeweideter Mann, kopfüber mit zusammengebundenen Füßen an einem Fleischerhaken hängend, daneben ominöse Anweisungen. All das huschte an Charles Auge vorbei und ließ vor ihm die kranke Welt der Madame erstehen. Eine Wahn-Welt aus gekochtem Blut und pürrierter Grausamkeit... Er erschauderte! Plötzlich hörte er ein schmatzendes Geräusch hinter sich. Als er sich umdrehte, sah er, wie sich der Blutklumpen der Madame in einer Bewegung erhob, als würde er an einer unsichtbaren Kordel hochgezogen und kaum stehend, das schlaffe Blutkostüm mit Leben füllen. Von Panik beseelt, ergriff Charles ein Glas und schleuderte es der Blutgestalt entgegen. Das Glas streifte einen Zeltpfeiler und zerschellte krachend. Schwarze Asche trat aus der Öffnung und schoß auf Madame zu. Der grobe, dunkle Nebel legte sich auf das rote rohe Fleisch der umgekehrten Furie. Schwarze Partikel färbten den blutigen Klumpen teils ein. Die Asche versank im Fleisch und die gesamte Gestalt wirkte, wie eine überdimensionale Raucherlunge, über und über von großen Teerflecken befallen...
Hätte Charles weiter gelesen, hätte er sehen können, um was es sich bei dem Glasinhalt handelte. Er hätte ahnen können, was nun passieren würde. Gleich nach der Anleitung für ein Aphrodisiakum aus Lusttropfen eines Sodomiten, war auf Seite 69 die Paarung der Tanne mit dem Weidenbaum näher beschrieben:

*„Der Allsamenbaum entsteht durch die Verheiratung von Tanne und Weidenbaum. Nebeneinander vergraben, erwächst ein pflanzliches Liebespaar, das Heilkräfte birgt und Unfruchtbarkeit umkehrt...*

*Ist der Baum genau 1 Jahr alt, entreißt man ihn samt Wurzeln der Erde. Eingehüllt in die Gebärmutter einer jungen Frau, wird der kleine Baum verbrannt. Die Asche verfügt nun über außerordentliche Potenz und macht totes Fleisch fruchtbar..."*

Der erste Teil des Rezeptes war überliefertes Wissen osteuropäischer Heilerinnen, der Rest musste aus der Feder eines dämonischen Alchemisten stammen.
Wo sich in der Asche die Gesamtheit aller Lebewesen vereinen sollte, die Kräfte des Lichts Gesundheit und Fruchtbarkeit bringen würden, war hier nur von Negierung und Nihilismus zu lesen.
Charles konnte also nicht wissen, womit er es zu tun hatte. Konnte nicht wissen, dass all das, was er sah und las lange, lange vor seiner Zeit seinen Ursprung fand.
Die Madame hatte es sich in ihrem Elixorium zur Aufgabe gemacht, alles positive zu verdrehen. Sie nutzte die Weisheiten alter Gelehrter und die Überlieferungen verschiedener Kulturen, um sie mit Finsternis zu vergiften und durch Umkehrung das Übel in die Welt zu tragen...

Das unheilschwangere Geräusch hinter ihm, jagte Charles einen

## Nachtschauer

Schauer über den Körper. Es klang, als dehne jemand einen Ballon aufs äußerste. An das Geräusch von trockenen Fingern, die darüber glitten, daran musste Charles denken, als er sich langsam umdrehte. Die Angst kroch an seiner Wirbelsäule hinauf und schien sich mit Steigeisen fortzubewegen. Er konnte die Angst körperlich spüren. Jetzt knackte und ächzte das schwarz-rote Fleisch hinter ihm, als zerfräßen Flammen nasses Holz...
Er sah das Unfassbare: Die umgekehrte Madame richtete sich auf, wie von einer unsichtbaren Kraft getrieben, langsam, selbstsicher und in einer Art kraftvoll, die Charles den Atem stocken ließ. Sein Herz raste und sein Mund stand offen. Das Fleisch, das sich vor ihm wand und bog, pulsierte schmatzend und schien eine Form zu verfolgen. Ein unsichtbarer Bildhauer formte aus dem unappetitlichen Klumpen eine Gestalt – es war die Gestalt eines Kokons. Dieser Kokon war jedoch nicht von seidigem Weiß, sondern dieser Kokon wirkte wie überdimensionales Hackfleisch, gerollt für ein monströses Bar-B-Q. Mit einem klatschenden Geräusch fiel der Kokon um. Als er

genau hinsah, entdeckte der Entsetzte etwas helles, das sich hervorarbeitete. Aus dem vorderen Ende des Fleischkokons entpuppten sich Arme. Ein Kopf folgte und die klebrigen Fäden, die er zog, erinnerten Charles an eine Geburt. In einer Mixtur aus Furcht und Faszination versuchte er zu erkennen, was da geboren wurde. Er sah einen menschlichen Körper, doch das Gesicht war durch schleimige Schichten noch diffus und nicht zu identifizieren. Das Ding hatte Haare... schwarze, lange Haare. Es schälte sich vollständig aus dem Fleischkokon heraus und da sah Charles etwas, das er nicht sehen wollte. Er war kurz davor, den Verstand zu verlieren und lachte das Ding hysterisch aus. Der glibbrige Schleim troff langsam vom Gesicht des unheimlichen Dings und er erkannte mehr und mehr, dass er sich nicht einbildete in etwas zu blicken, das ihm bekannt vorkam. Etwas, das nicht sein durfte...
Er starrte fassungslos in ein vertrautes Gesicht. Sein eigenes Gesicht...Umrahmt von nassem, glänzendem, schwarzen Haar!
Als er an seinem unheimlichen Ich hinabschaute, entdeckte er die Brüste, die ihm wuchsen. Eine wundervolle Frau lag dort vor ihm, allerdings trug diese Frau sein Gesicht, es war als blicke er in einen Spiegel, eingefasst in die Rundung eines fremden Kopfes. Als sich der Mund öffnete, hörte Charles die Stimme der Madame: „Komm her, mein kleiner! Fürchte dich nicht vor uns... Wir gehören nun zusammen!" Langsam richtete sich der furchterregende Zwitter vor Charles auf. Die umschmeichelnde Stimme der Madame war etwas belegt, wie wenn sie noch etwas Schleim auf ihren Stimmbändern trüge und diesen hinaufräuspern müsse, doch das tat sie nicht. Sie sprach wie zu einem Geliebten:
„Jetzt werden wir für das sorgen, weswegen du mich aufgesucht hast...Komm mit...Ich kümmere mich um deine Haare mein Lieber..."
„Bist du nicht mehr wütend auf mich...?" fragte Charles kleinlaut. Er war mittlerweile völlig entrückt und funktionierte einfach nur noch. „Nein, mein Lieber...du hast mich wiedergeboren, wie könnte ich da böse sein...auf dich...?"
Die Gestalt richtete sich vollständig auf, sie war nackt und bedeckt mit klebrigem Sekret. Sie ergriff Charles' Hand und umschloss sie zärtlich. Langsam gingen sie beide zum Regal hinüber, wo Madame mit einem schnellen Griff das gewünschte Glas packte und Charles entgegenhielt. „Hier! Für

dich...mein Lieber..." Er schaute sich tief in die Augen und ekelte sich ein wenig vor diesem Anblick. Er sah sich selbst mit Brüsten und langem Haar, auf einem schlanken Frauenkörper, der eigentlich der Madame gehörte, über und über bedeckt mit durchsichtigem Sekret. Trotzdem ergriff er das Glas. Sie kam näher an ihn heran und fasste seinen Hinterkopf. Er spürte, wie sie ihn an sich heranzog und sah sein eigenes Gesicht näher und näher kommen. Es küsste ihn... Lang und leidenschaftlich. Schnell kniff er die Augen zusammen. Er küsste sich selbst und bemerkte, wie er gegen seinen Willen eine Erektion bekam. Scham schoss in seinen Kopf. Dann... ließ er sich ganz fallen... öffnete bewusst die Augen, starrte sich an und beobachtete, wie sein anderes Ich ihm mit geschlossenen Augen einen langen Zungenkuss gab... Dann genoss er diesen grotesken Gipfel der Eitelkeit, bis er sich schließlich in seine Shorts ergoss...

Während er auf die seltsamste Weise seines Lebens kam, kam ihm auch die Antwort auf seine drängendste Frage. Er wusste nun, wen er da geboren hatte. Madame war schon immer in ihm gewesen, er selbst hatte sie hervorgeholt. Sein narzistisches Ego

# Nachtschauer

hatte sich in ihr manifestiert und hielt ihm nun auf ekstatische Weise einen Spiegel vor, der bis in den tiefsten Abgrund seines Daseins reflektierte... Sie war keine Sie. Sie war er. Sie war sein Dämon. Jeder hatte einen, doch ihrer trug nun ein Gesicht – sein Gesicht!

„Geh jetzt!" hallte es in seiner Erinnerung wider, als er durch die Nacht stolperte. Berauscht und der, ihm bisher bekannten Welt völlig entrückt, aber sich selbst so nah wie noch nie zuvor...
„Geh jetzt und trage dich in die Welt!" hörte er die Stimme des Madame/Charles-Zwitters sagen, doch er wusste nicht wohin. Fast nackt, geschunden und völlig am Ende fiel ihm niemand ein, bei dem er nun hätte Schutz suchen können. Schutz vor der Polizei, Schutz vor seiner eigenen Geschichte und Schutz vor allem vor seinem Geisteszustand, der mehr und mehr abzurutschen drohte in einen See aus lachenden Schlingpflanzen...

Instinktiv stolperte er den Weg nach Haus'. Da fiel ihm sein Freund ein, der auf halbem Weg wohnte. „Ignaz!", dachte er. „Ignaz muss mir helfen." Mit dem Antrieb des Endspurters umgriff er das Glas etwas fester und beschleunigte seinen Schritt.

„Ding Dong!" machte es, als Charles mit letzter Kraft die Klingel drückte. Er hörte Schritte hinter der Tür. Er stand vor einem freistehenden Haus. Weiße Veranda, weißes Mobiliar. Weiß lackierte Holzstreben bildeten den Eingangsbereich, der über vier breite, weiße Stufen zu erreichen war. Über der Tür hing eine Öllampe. Das Licht des brennenden Dochtes verströmte eine angenehme und warme Atmosphäre des Willkommenseins.

Charles fühlte sich der Rettung nah und wurde von der übermannenden Entladung restlicher Kraftreserven heimgesucht, die der Geist nicht mehr an sich halten kann, wenn er registriert, dass der Körper sein Ziel erreicht hat. Sämtliche Funktionen, die der Selbsterhaltungstrieb bis hierher im niedrigsten Gang aufrechterhalten konnte, stellen ihre Tätigkeit wie auf ein Signal hin ein. Das Ergebnis ist ein sich verflüchtigen jeglicher Kraft. Die Kontrolle über Muskeln, Fleisch und Knochen fließt aus dem Körper, als sei sie eine gasförmige Instanz, die leichter als Luft, aus dem Menschen entweicht und auf ihrem Weg beim Geist vorbeischaut, dessen letzter Funke Konzentration vom Sog erlischt und sich schließlich in die Kraftlosigkeit ergibt, den Körper in eine bleierne Bewusstlosigkeit entlässt, die den Organismus in ein wattiertes Nichts stürzt. Ein Vorgeschmack auf das Ende. Ein Kurztrip der Seele in das Reich der Endlosigkeit. Der Tod öffnet ein Fenster... wie zum Durchlüften. Auf ähnliche Weise muss wohl die Seele entweichen, wenn die andere Seite ruft. Nur dass sich dann kein Fenster, sondern die Vordertür öffnet...

Als Ignaz seine Vordertür öffnete, entfuhr ihm ein kurzer Aufschrei. „Charles!" Der junge Mann beugte sich zu seinem leblos da liegenden Freund. „Tiko, Tiko...komm her und hilf mir, schnell!" Die Laotin eilte herbei und als sie den bis auf die Shorts nackten, blutverkrusteten Körper sah, bekam sie einen Weinkrampf. Der Schock des unerwarteten setzte ein Bolzenschussgerät gegen ihren Nabel und sorgte in ihren Eingeweiden für eine Wellenbewegung, die eine einmalige, ruckartige Herzrythmusstörung verursachte. Ein Stolpern des

Herzmuskels, dass ihr das Atmen kurz erschwerte und so stand sie einfach da, reglos. „Fass an, um Gottes Willen, Tiko...!!!" Wie betäubt beugte sie sich zu Charles hinunter. „Greif dir seine Schultern und zieh, Tiko. Ich nehm die Beine." Die Laotin war im Buddhismus aufgewachsen und entsprechend gastfreundlich und hilfsbereit, auch wenn sie schon viele Jahre in Italien lebte, der Liebe wegen. Der Geruch ließ sie schaudern. Sie konnte kaum einordnen, nach was der Mann stank, aber es erinnerte sie an den muffigen, beißenden Gestank, den Obdachlose verbreiten. Egal wo sie den Mann anfassen wollte, überall klebte etwas. Entweder zäh gewordene Flüssigkeit oder verkrustetes Blut.

Hätte sie gewusst, dass das Sekret von der Geburt eines Zwitterwesens stammte und dass Charles' Sperma hier und dort klebte, ganz zu schweigen von den Liebestropfen aus Stellas Vagina, ihrem Erbrochenem, nebst Frau Ludwigs Torso-Blut...sie hätte vermutlich auf der Stelle nach einer Zwangsjacke verlangt...

Ja, der Körper, den die beiden nun in ihr Häuschen hineintrugen konnte bizarre Geschichten erzählen. Doch wie die meisten, tat er es nicht und schwieg. Denn auch

# Nachtschauer

wenn sich ein Körper nicht reinwaschen konnte von Sünde, so konnte er doch wenigstens den Anschein wahren. Fleisch ist eine seltsame Sache! Fleischgeschichten bedürfen eines Mundes, der sie erzählt und eines Geistes, der Willens ist sie preiszugeben. Der Rest ist Interpretation. Sind nicht alle Geschichten Fleischgeschichten? Geschrieben mit der Triebfeder, eingetaucht in die Tinte irgendeines Antriebes, der tief im Fleisch verborgen oder sanft an der Oberfläche schlummert! Letztlich folgt jede Regung einem Trieb. Wer entscheidet demnach ob antriebslos eine Niete bedeutet oder Fleischeslust als niederer Trieb einzustufen ist? Leiber darben lebenslang in Triebhaft. Und durch den Türspion der Selbsterkenntnis geblickt, entdeckt man in diesem Gefängnis lediglich zwei Tagesordnungen: Fressen und Ficken. Alles führt hierher zurück...

Wie viele Fleischgeschichten könnte Charles' Körper wohl erzählen? Eine Ode an die Eitelkeit, eine Parabel auf den Schönheitswahn, eine faustische Fabel, in der das metaphorische Tier er selbst geworden war...?

All das sollten Ignaz und Tiko nicht mehr erfahren... Denn als sie das leblose Fleisch über die Schwelle ihres Häuschens trugen, schlug ein Arm gegen das Glastöpfchen, das eben noch still neben Charles lag. Nun rollte es langsam hinter ihnen her. Es hatte keine Eile, es bewegte sich wie von einem eigenen Selbstbewusstsein angetrieben. Denn es wusste: Das Ende hat alle Zeit der Welt... Die Welt nicht...

Im Badezimmer angekommen, versuchten sie es abwechselnd mit kaltem, dann mit warmem Wasser. Charles' Erschöpfungsgrad war von absoluter Leere geprägt. Sein Bewusstsein fand einfach keinen Funken Kraft, der auch nur ein leichtes Flackern in ihm hätte bewirken können. Da er gleichmäßig atmete, ließen sie ihn einfach schlafen. Das Pärchen wusch liebevoll sein Gesicht und benetzte die aufgesprungenen Lippen mit Wasser. Danach legten sie ihn ins Bett und deckten den beinahe nackten, zerschundenen Körper zu. Tiko ekelte der Gedanke, bald selbst wieder in ihrem nun beschmutzten heiligsten zu liegen und fragte sich, ob sie nach dem Waschen aller beteiligten Stoffe, wieder mit der gewohnten Wonne in ihrem Bett kuscheln und träumen konnte ohne das Gefühl haben zu müssen, ihre Haut würde befallen von Überresten dieser Nacht. Sie wusste, dass dieser Gedanke absurd war, doch sie konnte ihn nicht abstellen. Schließlich war dies ihr Reich. Niemand außer ihr und Ignaz schliefen, dösten, schmusten und liebten hier. Nun lag dieser Trümmerhaufen im intimsten Bereich ihres Lebens. Ihr war, als könne dieser Einbruch in ihre bisher so reine Rückzugsoase ihr zukünftiges Empfinden für immer verändern. In Gedanken sah sie sich mit ihrem Liebsten bereits ein neues Bett kaufen... Im Grunde, ein guter Vorwand, dachte sie, mal wieder eine ihrer vielfachen Umräumaktionen zu rechtfertigen, die Ignaz regelmäßig mit einer stoischen Gelassenheit über sich ergehen ließ, da er diese kleine Asiatin nun mal liebte. Zudem hatten sie einen stillschweigenden Deal, denn für seine dauernden Handwerkseinsätze durfte er überall seine Miniaturgorillafigürchen und Affenmonsterbilder verteilen, die er so sehr liebte. Beide hatten ihre Fetische und so unterstrich die gegenseitige Akzeptanz des anderen Faibles nur mehr die Tiefe ihrer Liebe. Diesmal hätte Tikosogar einen triftigen Grund für den anstrengenden Aufwand, der ihrem

Liebsten in den kommenden Tagen bevorstand...
Als Charles einen Schmerzseufzer von sich gab, schämte sie sich für ihre egoistischen Gedanken! Sie zog ihre Lieblingsdecke etwas höher unter Charles' Kinn und schaute ihn mitleidsvoll an. „Was sollen wir jetzt tun?" fragte sie ihren Liebsten. „Wir rufen einen Arzt!" antwortete Ignaz und ging zum Telefon im Flur...

Der Doktor sah die beiden mit besorgter Mine an und fragte: „Was zum Teufel ist diesem jungen Mann nur wiederfahren? So etwas habe ich noch nie gesehen... Diese seltsam verteilten Wunden, Scherben und Splitter überall, das viele krustige Blut...und sie haben wirklich keine Ahnung?"
„Doktor, wenn ich's ihnen doch sage, er lag einfach vor der Tür. Ich habe auch keine Ahnung woher er kommt, was er gestern noch getrieben hat nachdem wir uns auf dem Jahrmarkt getrennt hatten. Ich weiß nur, dass er ziemlich wütend war. Vielleicht hat er sich aus Frust betrunken und ist vor ein Auto gelaufen oder sowas..."

# Nachtschauer

meinte Ignaz energisch, aber ratlos.
„Und was ist das für ein seltsames Sekret überall. Ich mache mindestens drei verschiedene Körpersäfte aus, nur was dieser transparente Schleim sein soll ist mir ein Rätsel. Ich würde gern etwas davon mit ins Labor nehmen. Ich würde ihn ins Krankenhaus einweisen, aber er hat keine Blutungen, er hat keine Wunden außer diesen Einschnitten und seine Organe funktionieren scheinbar einwandfrei. Er atmet ruhig, der Puls ist viel zu niedrig aber sein Herz klingt normal... seltsam." Der Doktor nahm das Stethoskop aus den Ohren und fuhr fort: „Ich kann mir nur vor stellen, dass das Blut von jemand anderem ist..."

In Charles' tiefem, mächtigen, schwarzen Schweben gab es keine Lichtquelle. Es war als treibe er in einem Meer von dunklem Nichts. Keine Gedanken, keine Gefühle. Er war einfach nur da. Irgendwo...unter irgendeiner schwerelosen Oberfläche...
Während er so trieb, veränderte sich mit einem Mal etwas ganz minimales. Etwas sachtes. Leise, wie ein Wispern, drang etwas

Diffuses von unendlich weit in seine Wahrnehmung ein und ließ ihn bemerken, dass dort irgendetwas Neues war. Ein neuer Eindruck... etwas außerhalb des Schwarz. Sein Geist unternahm den Versuch einer Anstrengung. Er bemühte sich, genau hin zu hören, doch es klang wie unter Wasser. Langsam kam er dem Geräusch näher und er hörte das Unverständliche auf sich zu wabern. Es waren Worte. Stimmen...
Als tauche er aus der eisigen Dunkelheit nächtlicher Meerestiefen langsam auf, so hörte er die Stimme stetig kräftiger werden, wie gesprochen auf einem Boot über ihm treibend...
„Ich kann...“
Charles strengte sich an zu verstehen...
„das Blut...jemand anderem...“

Sein Hirn begann sich mit einem mal ins Zeug zu legen. Es sog die Wortfetzen in den Erinnerungsschredder und malmte sie durch. Wie Papierstücke in einer seltsamen Druckerei, fetzten die Worte in seinem Sinngenerator durch Windungen und probierten sich mit anderen Bruchstücken zu verbinden. Die Fragmente rasten in einer irren Geschwindigkeit, wie von Zahnrädern getrieben durch die Hirnwindungen und dockten an anderen Halbsätzen an. Blitzschnell registrierten sie die falschen Gegenstücke und rasten weiter. Als sie eine Übereinstimmung fanden, mit Geschehnissen der näheren Vergangenheit, blieben sie dort, dockten an und verglichen mit der Logik der Wahrscheinlichkeitsrechnung welcher Satz wohl am Sinnhaftigsten war...

*„Ich kann mir nur vorstellen, dass das Blut von jemand anderem ist...“*

Eine Art Buzzer ertönte und in Charles' Hirn stand dieser Satz in großen Lettern geschrieben, auf leuchtenden Plastikbuchstaben einer gedachten Registrierkasse.
Eine Interpretations-Instanz in seinem Hirn übersetzte diesen Satz in Bedeutungslautschrift und brüllte:

***„Du hast Scheiße gebaut und sie kommen dir gerade auf die Schliche! Wach auf!!!“***

Charles' Herz sorgte für Blutdruck und pumpte Adrenalin in seinen Körper, damit er sich regen konnte.
„Warten sie Doktor, still... ich glaube, Charles hat was gesagt...“
Alle drei starrten auf die, sich fast unmerklich bewegenden, Lippen.

Charles' Augen blieben verschlossen. „Kein...K...rankenhaus..." Schweres Atmen.
Der Doktor beugte sich zu ihm hinunter. „Hierbleiben..."
Der Arzt sagte leise: „Aber sie sind verletzt, wissen sie was passiert ist?"
„Ja... alles o.k.!" Charles musste wieder daran denken, daß dieser Deutsch-Afrikanische Liedermacher da zwei Worte geprägt hatte, die tatsächlich Gold wert waren. „Tutti o.k.!" Mit ihnen war einfach alles gesagt. Wenn er hier heil rauskäme, würde er sich das ganze Album kaufen und vielleicht sogar den Klassiker „TiAmo" demnächst im Auto seines deutschen Kumpels mitgröhlen. Innerlich musste er grinsen, doch sein Mund war zu schwach zum Folgen...
Die drei schauten sich nachdenklich an. „Also, ich weiß nicht, ob ich diese Verantwortung übernehmen kann" meinte der Doktor bedeutungsschwanger. „Aber er ist nicht Herr seiner Sinne und ich denke, wir sollten ihn wenigstens zur Untersuchung..."
„Doktor..." Charles' Stimme klang noch leise und zerbrechlich, aber er schien sich langsam zu sammeln. „...ich..." Charles versuchte sich aufzurichten.

# Nachtschauer

„...ich...mir geht es schon besser!"
Ignaz half ihm, sich gegen die Rückwand des Bettes aufzurichten. Er griff unter Charles' Achsel und führte seinen Oberkörper in die Horizontale. Hierdurch bekam er Halt genug, um seinen Worten glaubhaft Ausdruck zu verleihen. Er atmete ein und sagte: „Ich hatte einen Unfall!"

-Pause-

Charles sammelte seine Gedanken, sortierte Sagbares und Verschweignisse. (Splitter, Blut, Einschnitte...?!) „Ich bin in der Dusche ausgerutscht...bin in meine Duschkabine gekracht. Verdammt..." Er machte eine Kunst
pause, eine Cäsur um weiterdenken und vor allem atmen zu können. Denn seinem Erschöpfungsgrad nach, hätte ihm eine Untersuchung im Krankenhaus gut zu Gesicht gestanden, doch er wusste, dort würde er mehr unangenehme Fragen beantworten müssen und vor allem wäre er dort unfähig, den Schlamassel, der zu Hause stellvertretend für eine lebenslange Haftstrafe lauerte, zu beseitigen.

„Nein!" entfuhr ihm ein kurzer Schreckensaufschrei. „Was denn?" Bei Charles war ein Gedankenblitz eingeschlagen: Die Polizei war doch während seiner Flucht bei ihm eingedrungen, und hatte sehr wahrscheinlich seine Wohnung aufgebrochen...
Die Folgen liefen in einer Kettenreaktion vor ihm ab, wie fallende Dominosteine. Der Schock versetzte seinem Herz einen Stoß, wie von einem Defilibrator. Sein Puls beschleunigte und plötzlich konnte er wieder klar denken. „Haben sie ein Schmerzmittel für mich, Doktor? Danach lege ich mich ein bisschen hin und ruhe mich aus, das wird reichen..." Der Arzt ging aus dem Raum, im Flur stand seine Tasche mit den Arzneimitteln für unterwegs. Als er außer Hörweite war, flüsterte Charles: „Leute, ihr müsst den abschütteln. Der darf mich nicht einweisen. Bitte, ich erklär euch gleich alles, aber erst muss der Typ verschwinden, wichtig! Hat bei euch jemand nach mir gefragt?" „Nein," antwortete Ignaz. „Warum?" „Später!" sagte Charles knapp und verzog das Gesicht, da sein Steiß beim Aufrichten, einen Schmerzimpuls die Wirbelsäule hinauf schickte.
„So, nehmen sie die hier nach Bedarf. Das ist ein leichtes Schmerzmittel, das gleichsam schläfrig macht. Also 2-3 können sie am Tag nehmen, je nach Schmerz." „Danke Doktor!" Charles sah Ignaz an und rief: "Kannst du mich ins Bad bringen, dann werde ich duschen und die Einschnitte säubern, ok?! Wenn sie noch etwas Jod oder dergleichen da lassen könnten, dann komm ich schon zurecht, danke schön Doktor."

Die heißen Strahlen der Dusche trafen Charles im ersten Moment wie kleine Laser, die sein Fleisch verbrennen wollten, aber schon nach wenigen Momenten genoss der Geschundene die Reinigung seines zerschnittenen, verkrusteten Körpers. Er ließ sich Wasser in den Mund laufen und spuckte es wieder aus. Er stöhnte ein wenig, während er sich wusch. Seife ließ er aus, da sie wahrscheinlich brennen würde, in jedem kleinen Einschnitt, an jeder Schürfwunde, mit denen er übersät war...
Er strich sich durch das nasse Haar, blieb allerdings schon nach wenigen Zentimetern in den Verflechtungen aus Blut, Sekret und Schmutz hängen. Er griff sich eine Spülung und schäumte seinen ganzen Kopf meditativ ein. Er drehte und wand sich unter der massierenden Bewegung seiner Hände. Es war wie ein Orgasmus, nach alldem, was er erlebt hatte –

endlich Reinigung! Er spürte die Energie in seinen Körper zurückkehren. Er überlegte, was er als nächstes tun sollte gegen eine Ergreifung durch die Polizei. Sie suchten wahrscheinlich nach ihm und er musste nun clever sein. In seine Gedanken mischte sich ein seltsames Gefühl. Charles ertastete seine Kopfhaut. Zwischen dem dichten Schaum spürte er seine Haare. Wenn er die Finger vom Kopf fort führte, nahm er im Schaum Haarbüschel mit. Er schaute in seine Hände und sah zwischen dem schäumenden Weiß, schwarze, dicke Büschel. Panisch tastete er weiter und je mehr er anfasste, desto mehr Büschel hielt er in Händen. Es war, als läge seine Frisur nur noch locker auf seinem Kopf, wie eine schlecht sitzende Perücke. Er konnte sie einfach so abnehmen...

Als er sich mit einem Frotteehandtuch den Kopf abgerubbelt hatte, blickte er in den Spiegel. Sein Kopf war blank. Alle restlichen Haare lagen im Schaum vermischt in seinem Handtuch. Er war kahl. Eine Glatze glänzte ihm aus dem Spiegel entgegen und er erstarrte. Fort waren alle Gedanken an eine Flucht, an ein Verstecken vor der Polizei, Ausreden, Wiedergutmachung, alles...

# Nachtschauer

Er konnte nur noch an eines denken: „Woooo ist mein Glaaaaaaas?" schrie er aus dem Badezimmer heraus und Ignaz kam angelaufen. „Was brauchst du?" „Mein Glas! Wo ist mein Glas?" „Ist ja schon gut. Welches Glas meinst du?" Tiko kam hinzu und hielt das Glas aus Madames Elixorium in der Hand. „Meinst du das hier? Das lag auf dem Boden, unten im Flur..." „Gib her!", herrschte Charles sie an. Er war wie von Sinnen...
Im Glas herrschte eine ungestüme Unruhe. Es schien, als stünde es unter einer Art Erschütterung, die dafür sorgte, dass der Inhalt – eine seifenartige, leicht zähe Flüssigkeit – in Bewegung geriet. Wie in einer auf dem Kopf stehenden Shampoo-Flasche, dessen Inhalt langsam Richtung Öffnung floss, so bewegte sich auch der Inhalt des Glases, allerdings stand es nicht auf dem Kopf. Der Inhalt drängte entgegen der Anziehungskraft langsam nach oben, Richtung Deckel - doch das bemerkte hier niemand... Charles nahm das Glas und warf die Tür zum Badezimmer hinter sich zu. Er drehte den Schlüssel und war nun allein mit dem Glas. Von draußen hämmerte das Pärchen

an die Tür und rief wütend, was das Theater solle, sie würden ihn rauswerfen, wenn er nicht sofort öffnete! Charles beachtete das Treiben vor der Tür und die Äußerungen nicht mehr. Er wandte sich dem Spiegel zu. Wie in Trance hob er das Glas vors Gesicht und öffnete den Deckel. Der drehte sich beinahe von selbst. Leicht ließ er sich bewegen und es gab ein schabendes Geräusch, als öffnete Charles ein Glas Schattenmorellen. Zu seinem Unglück waren es keine steinlosen Kirschen in diesem Glas... Er nahm den Deckel schließlich ab und fühlte sich beinahe etwas erregt beim Blick auf den Inhalt. Lasziv aalte sich die zähe Flüssigkeit in sich selbst, schien sich unablässig mit sich selbst zu vereinen. Hypnotisch hob Charles die andere Hand und ließ sie Richtung Öffnung gleiten. Er ertastete mit einem Finger zärtlich die pulsierende Oberfläche der Flüssigkeit, da ummantelte sie seinen Finger mit einem hektischen Ruck und zog sich an ihm hinauf. Er kam ihr entgegen und tauchte nun die ganze Hand hinein. Genießerisch wand er sie im Inhalt. Langsam kroch die Flüssigkeit an allen Fingern hinauf. Wie sie sich zu seinem Handgelenk hinauf arbeitete, hatte etwas von einer Verführung. Sie schien seiner Haut schmeicheln zu wollen, sie in Erregung versetzen zu wollen, mit ihr kopulieren zu wollen...sie verzehren zu wollen! Charles hob die Hand und führte sie langsam, bedächtig anstarrend zu seinem Kopf. Als er sie niederlegte und die Flüssigkeit die Kopfhaut berührte, schmatzte es im Raum. So laut, dass die Klopfgeräusche und die dumpfen Rufe von jenseits der Tür verstummten. Es schmatzte... Die Flüssigkeit schob sich selbständig Zentimeter für Zentimeter über Charles kahlen Kopf. Fasziniert sah er im Spiegel zu, wie sie von seiner ruhenden Hand auf seinen Kopf glitt und sich mit einem Eigenleben langsam aber zielstrebig verteilte. Solange, bis der gesamte Kopf bedeckt war. Die gelblich-hellbraune Flüssigseife, massierte sich wie von unsichtbaren Fingern getrieben in kleinen gleichmäßigen Kreisen in die Kopfhaut ein. Sie begann zu schäumen. Weißer Schaum stieg von Charles Kopf auf und bedeckte ihn mehr und mehr, wie eine Haube. Er konnte den Blick von diesem irrwitzigen Schauspiel nicht abwenden, also stand er erstarrt einfach nur da und schaute zu. Als der Schaum die Ausmaße von Shampoo-Werbebildern erreicht hatte, fiel der weiße Berg plötzlich in sich zusammen und verschwand mit einem zischelnden Geräusch in den Poren seiner Kopfhaut. Charles spürte die brodelnde Wirkung in jeder Pore. Er schloss die Augen und genoss das Wirken über seiner Schädeldecke bis hinter seine Ohrmuscheln. Es war tausendfach erregender als die Kopfmassage beim Friseur, tausendfach erregender als der Sex seines gesamten Lebens zusammengenommen. Er öffnete den Mund und machte „Ohhhhhhhhhh". Ein langer tiefer Seufzer entfuhr ihm und dann geschah es:

Er spürte und hörte das Rascheln in seinen Poren, kleine widerborstige Wurzeln verankerten sich in ihnen mit den Membranen, in die sie gebettet waren. Von dort aus wuchsen sie. Dicke, borstige Haarspitzen, die im Verlauf ihres Wachstums weiche, wunderschön glänzende Fasern bildeten. Länger und länger krochen sie hervor und schlängelten sich an Charles' Kopf herab. Er stand da und konnte es nicht fassen! Er sah zu, wie frisches, neugeborenes Haar aus jeder Pore seines Kopfes erwuchs und schulterlang an ihm herabhing. Es war das schönste Haar, das er je gesehen hatte und er wunderte sich nicht einmal, dass es nicht wie sein eigenes blond, sondern pechschwarz war.

# Nachtschauer

Die Freude verschaffte ihm eine leichte Erektion und er genoss das Vibrieren am ganzen Körper, welches das Wachstum verursachte. Wie von Stromstößen geschüttelt, ruckelte alles an ihm. Er erinnerte sich an seine Kindheit und an eines seiner liebsten Geschenke. „Playdoh", er konnte diesen Namen vor sich sehen und auch die Plastikfiguren, die in dem kleinen Friseurladen-Karton enthalten waren. Innen hohle, kleine Püppchen, glatzköpfig und mit lauter kleinen Löchern auf dem Kopf versehen, konnte er ihnen bunte Knete von unten in die hohlen Körper stopfen. Auf einem Friseurstuhl mit Pfropfen auf der Sitzfläche und Kurbel an der Seite konnte er die Knete dann hoch pressen, in den Kopf hinein. Das Ergebnis waren bunte Haare, die in kleinen Knetwürsten aus dem Kopf des Püppchens wuchsen... Was innerhalb von Monaten auf dem menschlichen Kopf geschah, passierte hier in Sekunden. Genauso fasziniert wie damals, war Charles in diesem Augenblick auch. Mehr und mehr Haar wuchs. Mittlerweile war sein Kopf vollständig bedeckt, als sei er ein männliches Frisurenmodell und Hip zur Zeit war die

Heavy Metal-Matte aus den 80ern.
Zunächst erinnerte er sich selbst an einen schwarz gefärbten Bon Jovi. Sekunden später, war er bereits Alice Cooper...
Er war ultimativ glückseelig!
Bis er bemerkte, dass der dichte Haarwuchs nicht mehr endete...
Als sein Gesicht bedeckt wurde, griff er zur Schere neben dem Waschbecken und schnitt es sich frei. Sekunden später war es bereits wieder bedeckt. Also schnitt er eifrig weiter, doch immer schneller wuchs das Haar und jetzt war es bereits überall. Es fiel über seine Augen, seine Nase und seinen Mund. Es fiel über die Ohren, so dass er lediglich ein unheimliches Rascheln vernahm. Er war bereits über und über bedeckt mit Haar und das Gewicht der massenhaften Fasern zog überall an ihm, so dass er sich am Waschbecken festhalten musste. Nun sah er nichts mehr von seinem Körper. Der gesamte Charles war nur noch eine überdimensionale Langhaarperücke. Vom Scheitel bis zum Badezimmerboden war nicht mehr ein Fitzelchen Charles zu sehen. Das Atmen fiel ihm bereits schwer, denn Mund und Nase wurden von Haar penetriert, als seien sie Geschlechtsorgane, die es zu befruchten galt. Als Charles hinter seinem Zäpfchen, im Rachenraum und inmitten der Stirnhöhle das Kitzeln der Haare spürte, ahnte er, dass dieses Kitzeln der Vorbote seines heraneilenden Todes sein würde. Er musste daran denken, wie aberwitzig und zynisch dieser Tod doch war: kam er doch mit einem Kitzeln über das er unter andern Umständen hätte lachen müssen. Doch zum Lachen fehlte ihm ganz einfach die Luft. Er wollte den Schmerz der Luftnot hinaus schreien. Er wollte die Fähigkeit zu Schreien zu ihrem Urzweck verwenden. Wird der Angstdruck oder der Schmerzdruck zu groß, so dient der Schrei als Ablassventil. Auch wenn er weder den Schmerz noch die Angst zu lindern vermag, so entlässt er so denn den Druck. Selbst der Choleriker, nutzt diese Methode. Wenngleich er selbst es auch nicht weiß, sein Schrei ist nichts mehr als die Artikulation seiner Wut und Wut ist immer Angst oder Schmerz, nur anders formuliert. Am Ende geht es nur um das Mildern des Drucks, was nicht heilt, aber immerhin erleichtert...
Charles Schrei wurde im Keim erstickt. Seine neuen Haare ließen nicht einmal den Anflug, das Luftholen für einen Schrei zu. So stieg der Leidensdruck ins unermessliche und er war verdammt, seiner endlosen Agonie nicht

einmal Ausdruck verleihen zu können. Stumm hörte er zwischen dem Rascheln eine leise, lachende Stimme in seinen Ohren. Sie kam aus den Haaren, die in seinem Ohr arbeiteten: „Wer schön sein will, muss Leiden..." lachte Madame Maintenants Stimme höhnisch.

*Dann war es vorbei für ihn...*

Dachte er!
Plötzlich spürte er, dass das Gefühl des Erstickens sich nur anfühlte, als müsse er sterben, in Wahrheit jedoch lebte er auch ohne Atem weiter. Er erstickte permanent. Die Todesangst und der Mangel an Sauerstoff ließen ihn ein Leid erfahren, wie er es sich niemals hätte vorstellen können. Er fühlte eine ultimative Bedrängnis. War bisher seine geheime schlimmste Furcht, einmal hässlich zu sein, so erlebte er nun eine stärkere. Die innere Klaustrophobie, die seinen Körper vereinnahmte und jedes Leben von innen aus ihm heraus zu quetschen schien, verursachte einen demütigen Schmerz, der nur noch übertroffen werden konnte, von der Furcht, dass dieser Schmerz nie endete.
Das dichte Haar in seinem Innern schien ihn jetzt zu beatmen. Es verästelte sich mit seinen Lungenflügeln, durchdrang das Gewebe und stieß bis in die Lungenbläschen vor. Die Todespanik vor dem Ersticken, wich einem Erstaunen darüber, dass er weiterlebte. Der drängende Schmerz des Erstickens blieb. Ihm wurde gewahr, dass hier etwas perfideres im Gange sein musste, als er es ohnehin schon erlebte. Er spürte unerträglich die Folgen des Erstickens und doch lebte er. Zu diesem Schmerz gesellte sich nun die Angst der Erkenntnis. Er fühlte instinktiv, dass dies nicht das Ende war. Das er vielleicht auf Ewig diesen Schmerz ertragen sollte. Warum, fragte er sich schon nicht mehr, er nahm es hin. Sein Verstand war bereits nicht mehr in der Lage zu mehr. Denn auch in seinen Hirnwindungen spürte er die kleinen Verästelungen des neugewonnen Haares, das sich unablässig vorarbeitete in jeden einzelnen, noch so winzigen Kanal seines menschlichen Höhlensystems...

Da spürte er das Ziehen. Er konnte es nicht sehen, doch irgendetwas geschah oben auf seinem Kopf. Ein hektisches Rascheln und Treiben...

Seine Kopfhaut fühlte sich an, als würde jemand kleine Stücke heraus reißen. Das Ablösen der Haut brannte. Es fühlte sich wund an. Es brannte fürchterlich. Einzelne kleine Stücke Haut lösten sich zitternd von seinem Schädel und hinterließen rohe, rotschimmernde Fleischinseln, aus denen die neuen schwarzen Haare lugten, wie dünnes, dunkles Schilfrohr, verankert in einem See aus Schmerz. Jeder einzelne, kleine Hautfetzen schmiegte sich an eins der Haare und trocknete dort aus. In Sekundenschnelle, erstarb jedes Stück Haut und haftete locker an dem Haar, das ihm am nächsten war. Auf diesem Haar durchlebte der Hautfetzen eine Metamorphose. Trocken, ausgedörrt und nun ohne jeglichen Talg, verlor das abgestorbene Stück Kopfhaut seine hellbraune Farbe vollends. Sie wich nach und nach einem homogenen Weiß. Dieser Umstand machte aus der ohnehin schon absurden, zweifelhaften Haarpracht, ein noch absonderlicheres Abbild des Seltsamen. Denn zwischen dem dichten Buschwerk aus schwarzem Haar, lugten nun tausende kleiner, weißer Schuppen durch das glänzende Schwarz. Sie bewegten sich. Mit jeder Sekunde wurden es mehr. Und mehr. Und viel mehr. Noch mehr. Charles' Kopf hörte nicht mehr auf zu vibrieren. Er erzitterte und bebte unter dem Schaben und Reißen auf seinem Schädelfleisch. Unablässig produzierte er ein unzählbares Heer von abgestorbenen Hautpartikeln. Charles war zu einer Schuppen-Maschinerie geworden. Von außen betrachtet, sah es aus als wuselte eine Armee weißer, kleiner Insekten durch das schwarze fellartige Haar. Das Schwarz wich mehr und mehr der weißen Armee und bald war nur noch schneeweißes Treiben zu sehen. Ohne es selbst zu wissen und ohne sein aktives zutun, war er vor wenigen Augenblicken die Brutstätte für einen Albtraum geworden, dessen Ausmaß Charles nicht in seinen kühnsten Träumen hätte ermessen können. Wären seine Augen nicht bedeckt von Haar, hätte er im Spiegel dieses groteske Treiben auf seinem Kopf verfolgen können. Doch unter seine Lider waren bereits Haare eingedrungen, hatten sich ihren Weg in Charles Tränensäcke gebahnt um von unten den Augapfel zu umkreisen. Vorbei am Sehnerv, hinauf zum oberen Lid, einen Streifzug vorbei an seinen Wimpern und wieder hinaus, wuchsen sie unaufhörlich und trieben die Augäpfel ein wenig aus den Höhlen, sodass Charles unter seiner le-

# Nachtschauer

bendigen Perücke wirkte, wie ein behaarter Gecko, der mit geöffnetem Mund voller Haar, auf einem schwarzen Fell in die Gegend glotzte. Es war fast lächerlich, doch zum Lachen blieb Charles keine Zeit. Denn der nächste Grund zum Wundern wartete bereits...

Zuerst spürte er nur ein Ziehen, dann kam der Schmerz. Lüstern saugte etwas an ihm - überall. Das saugende Gefühl war so immens, dass er dachte, er würde auseinander gerissen. Mit diesem Gedanken war er schon nah dran, doch es sollte schlimmer kommen. Denn die Schuppen bahnten sich ihren Weg hinunter zu seiner Körperhaut. Sie bedeckten hektisch jeden Millimeter seines Körpers. Tausende, Hunderttausende, Millionen Hautschuppen lutschten in einer fast schon obszönen Bewegung, pulsierend an Charles flächenmäßig größtem Organ, seiner Haut! Das Geräusch war widerwärtig. Es zeugte von einer gierigen Geilheit, von einem sich Laben an etwas Lebendem. Gerade so geil, wie Charles auf die Schönheit war, stürzten sich die Schuppen auf seine Körperhülle. Sie beraubten ihn schmatzend und saugend seiner sichtbaren Identität. Darunter waren alle Menschen gleich. Rohes Fleisch, Muskeln und Sehnen. Arterien und Venen. Hier machte die Natur keinen Unterschied. Und die Schuppen eben so wenig. Sie ließen sich Charles' hübsche Erscheinung schmecken. Mit jedem Millimeter einverleibter Haut, wuchs die Truppenstärke des Schuppencorps. Blut floss, um sogleich von den papierartigen Fressfetzen aufgesogen zu werden. Sie mussten es nicht einmal schlucken. Sie sogen es ein, wie minimale Abrisse eines weißen Löschblatts Tinte einsaugten. Nur war diese Tinte Leben. Charles' Leben! Denn je tiefer sie eindrangen, desto mehr verschwand von ihm. Sie fraßen sich eifrig durch die verschiedenen Hautschichten: Die leicht begehbare Epidermis galt als Vorspeise. Durch den zweiten Gang, das Corium, die sogenannte Lederhaut. Sie war etwas fester, zäher und somit nahrhafter als die leicht durchdringbare Epidermis. Etwas energischer kauend gelangten die Ungetüme an einen echten Leckerbissen: Subcutis, die Unterhaut. Leckerbissen deshalb, weil sie mit ihren Talgdrüsen und Haarwurzeln neue Energie für das etwas anstrengende Fressfest lieferten, das nun vor ihnen lag: Charles' rotes rohes

Fleisch, das noch warm und weich auf festem Knochen pulsierte, von Adern durchzogen, die frischen Saft transportierten, der den kleinen Schleckermäulchen zum runterspülen dienen sollte...
Charles spürte die Bisse am ganzen Körper. Zwischen den Schmerzwellen fragte er sich, warum er nicht bereits tot war, schließlich hatten die Schuppen sein lebenswichtigstes Atmungsorgan - seine Haut - vollends verspeist. Die Todespanik flammte auf, wie ein Zündholz in der Nacht, das die Dunkelheit nur für den Augenblick durchdringt, der das unvermeidliche Grauen Preis gibt, das bereits die ganze Zeit im Schutz der Finsternis gelauert hatte...
Die Bisse fühlten sich nicht an, wie von kleinen Reißzähnen, sondern eher wie ein monströser Sog. Wie ein Staubsaugerrohr, das auf den Leib gehalten, Fleisch ansaugt und für eine lustige Wölbung auf Arm oder Bein verursacht, bis das Rohr mit einem - Plopp- entfernt wurde. An dieses Sauggefühl erinnerte Charles das Fressen seines Fleisches. Nur dass es weder ploppte, noch hörte das Saugen wieder auf. Im Gegenteil. Mit dieser Saugstärke hätte man Pompeji in Minuten säubern können. Der Sog der fleischfressenden Partikel war so immens, dass sich winzige Fleischfetzen krachend von Charles Körper lösten. Er spürte das Rausreißen kleiner Brocken aus seiner Körperhülle und konnte nichts dagegen tun. Er stand einfach da und erbebte unter dem gierigen Treiben. Er war ein Fress-Fest für die Schuppen. Eine Schling-Orgie, die von außen betrachtet wirkte, wie ein überdimensionaler, wabernder Wischmop, der ohne Stiel im Badezimmer vor dem Spiegel stand und zu einem unhörbaren Takt Hula-Hoop tanzte. Natürlich ohne Reifen um die ohnehin nicht mehr vorhandenen Hüften. Hörbar war lediglich eine Geräuschcollage aus Schmatzen, Saugen, Lutschen und Rascheln. Wie ein Porno, indem eine Gruppe sexhungriger auf einer laubbedeckten Wiese Gang Bang praktizierte, in 8-facher Geschwindigkeit abgespielt. So ungefähr klang die lüsterne Mahlzeit, die hier im Bad verspeist wurde...
Charles spürte, wie sich die ersten Schuppen bis zu seinen Knochen durchgearbeitet hatten. Er fühlte den Verlust des Fleisches mehr und mehr und ihm wurde bewusst, was mit ihm geschah: Die Schuppen lutschten seine körperliche Existenz restlos fort. Bis auf die Knochen fraßen sie ihn blank und machten aus seinem Dasein

etwas Neues: Er bildete nun das Skelett eines neuen Wesens! Der alte Charles war zwar nicht gestorben, aber seine Erscheinung war tot. Nun war er ein neuer Charles. Er wurde eins mit dem Abbild seines Narzissmus. Seine Selbstverliebtheit hatte ihn verschlungen und etwas unvorstellbar hässliches aus ihm entstehen lassen. Wie durch ein kollektives Bewusstsein gespeist, bekam er plötzlich sichtbare Impulse und erkannte verschwommen, dass das Ungetüm, welches der Spiegel reflektierte, ER war. Dieses weiße Monstrum, das hier und da Blutgetränkt war. Nur, um dieses Rot sogleich zu absorbieren und alsbald wieder weiß und um ein Stück gewachsen, zu erstarken. Er war amorph, ohne menschliche oder bekannte Form. Er war ein wabernder, weißer Zellhaufen, der die Größe seines alten Körpers hatte. 1,86 m hoch stand er da und musste unter nicht enden wollendem Schmerz hinnehmen, was mit ihm geschah. Auch wenn er eben irgendwie in dieses kollektive Bewusstsein eingeklinkt wurde, so blieb er dennoch passiv. Er konnte diesen Klumpen nicht steuern, wie seinen alten Körper. Die Schuppen steuerten ihn! Und jetzt sendeten sie ihm einen Informationsim-

# Nachtschauer

puls, der ihm klarmachte, was ihn erwartete. Er war zu einem fortwährenden Todeskampf verdammt, ohne je zu sterben. So musste er einfach hinnehmen, dass er sich, vom Schmerz durchdrungen, raschelnd auf die Tür zu bewegte, hinter der es immer noch hysterisch pochte und fluchte...

Tiko und Ignaz hatten mit allem gerechnet, aber was sie sahen, als sich die Tür krachend öffnete, verschlug ihnen den Atem und die gesunde Farbe aus dem Gesicht. Darüber nachdenken mussten sie nicht mehr, denn das weiße Schuppenmonster waberte ungelenk auf die beiden zu und verleibte sie sich mit einem ohrenbetäubenden Cocktail aus Schreien und Schmatzen ein. Blutfontänen ergossen sich im Flur. Das Kreischen der beiden wurde schnell dumpf. Wie schallgedämpft von den weißen Flechten in denen sie verschwanden und endete schon bald vollends. Hier und da lugte etwas Hirnmasse von Tiko zwischen den Schuppen hervor und

Ignaz' schreiendes, verschrecktes Gesicht schien kurz hindurch, um sofort nach innen eingesogen zu werden. Als sich das Weiß über seinem zur Angstfratze verzerrten Gesicht schloss, endete auch der Schrei abrupt. Es klang, als versänke er in einem papiernen Moor. Einem Morast aus trockener Haut, die sich von seinem Schrecken genauso nährte, wie von seinem Blut und schließlich von seiner gesamten Konsistenz.

Auf knappe 5 Meter war das Schuppenmonster nun herangewachsen. Es waberte weiter Richtung Treppe. Mit Geräuschen, die klangen, wie ein zig-fach verstärktes Ton-Buffet im „All inclusive" - Urlaub. Nur war hier ein Tourist des Todes unterwegs und türmte sich den Teller voll...

Als das Schuppen-Monster die Straße entlang waberte, bot es einen sehr surrealistischen Anblick. Die Besucher des „All you can eat" - Bar-B-Qs am Straßenrand, dachten zuerst an einen Werbegag. Doch das Lachen verging ihnen recht schnell, als sich der weiße Koloss auf die ersten Grillfreunde stürzte und sie unter sich begrub, sie in sich hinein zerrte.

Einige wenige konnten davon laufen, doch durch das üppige Mahl wuchs das Monster auf die doppelte Größe heran. Mehr als 12 Meter hoch und auch im Durchmesser, musste es sich kaum fortbewegen, um die Fliehenden einzuholen. Mit zwei flinken Waberbewegungen war es über ihnen und vertilgte sie alle...

Woanders unterhielten sich gerade zwei Zeugen Jehovas über das Ende der Welt, als sie das Geräusch vernahmen. Es klang, als grolle eine Lawine über einem Skigebiet gen Tal. Kurze Pause, dazwischen immer wieder Kreischen, das jedoch sofort verstummte, wenn das Grollen wieder einsetzte und lauter wurde.

„Woher kommt das, Jakop?"
„Ich kann mir nichts vorstellen, Jesaja! Lass uns um die Ecke schauen!"

# Nachtschauer

Der alte Jakop hielt in seiner Hand die aufgeblätterte Mappe mit zwei „Wachturm" – Heftchen.
Jesaja hielt die andere Missionierungsschrift „Erwachet!" in Händen. Beide schauten sie ein wenig ängstlich, als sie sich langsam der Biegung der Straßenecke näherten, an der sie ihre Offenbarungsschriften feilboten.
Das Grollen wurde lauter und nun war noch mehr Kreischen zu hören. Wildes Kreischen, Reifen quietschten, Autos krachten ineinander, es schepperte und überall waren Schreie. Das dumpfe Grollen stoppte regelmäßig für einen kurzen Moment und ließ die Schreie enden. Dann grollte es weiter. Die Erde bebte ein wenig hier und da. Eine panische Frau rannte die beiden Gottesmänner beinahe um, als sie um die Ecke lugten. Was sie sahen, verschlug ihnen sogleich den Atem. Mit offenen Mündern, starrten sie auf die Szenerie die nicht sein durfte. Eine, die sich vor ihnen abspielte, als schauten sie auf eine andere Welt, eine Welt des Chaos und der Vernichtung. Jakop wurde gewahr, dass eben genau dies gerade doch bestens zu der ihm bekannten Welt passte. Die Subtilität des Jahrtausende währenden Untergangs war vorbei. Die Kernfrucht des menschlichen Makels gebar nun Offensichtlichkeit und förderte die fauligen Sporen der Niedertracht, der Gier und der Ichsamkeit zu Tage...
Jakop öffnete langsam seinen Mund und stammelte:
„Es ist soweit, Bruder!"
Statt weiter zu starren, hätten die beiden auf dem Absatz kehrt machen und fortlaufen sollen, doch sie beide fühlten irgendwie, dass es keinen Sinn machte. Sie starrten wie gebannt und Jesaja antwortete:
„Ja, Jakop! Ja..."
Als der vorauseilende Schatten des Ungetüms den Himmel verdeckte, rissen die beiden Alten ihre Heftchen in die Höhe und begannen erbärmlich zu schreien. Was hier unten bei den beiden Gläubigen alle Schrecken ihres Lebens in einem einzigen Ton vereinte, kam dort oben in 150 Metern Höhe bei Charles nur mehr wie ein durch Helium verfremdetes Piepsen an. Wie kleine weiße Mäuse, klangen die beiden Menschlein dort unten, die sich hinter ihren Missionsheftchen zu verbergen versuchten. Charles eigene Emotionen waren mittlerweile abgestorben

und machten Platz für das eine große, alles überschattende Gefühl, dass kein anderes neben sich zulässt: Schmerz!

Seine Gedanken waren in das kollektive Bewusstsein des Schuppenmonsters übergegangen. So grollte Charles auch über die beiden Prediger hinweg. Er funktionierte nur noch und nahm teil. Er war ganz einfach dabei, wie die Frucht seines überbordenden Egos über die Menschheit walzte und sie verschlang...

Als das Grollen wieder einsetzte und sich die Monsterschuppe fortbewegte, blieb von den beiden Gottesfürchtigen nichts übrig, nur einige Fetzen Papier. Eine Titelseite lag dort auf dem Gehsteig.

„Wir alle sind eins!",

prangte als Schlagzeile unter dem Titel „Erwachet!".

Der Wind wehte das andere Heftchen über das eine. Unter dem Titel „Wachturm" füllten wenige Worte unheilschwanger die ganze Seite aus:

„Das Ego ist der Anfang vom Ende - das Ende ist nah!"

Nun ergriff der Wind auch diese Seite und gemeinsam flatterten sie vom Gehsteig auf die zerfurchte, Blut befleckte Straße...

Epilog:

In der Raumfähre Nemesis gab Astronaut Hal die letzten Koordinaten für den Heimflug zur Erde ein. Der Saturnerkundungsflug dauerte 2 Jahre. Nun rückte ihr ersehnter Heimatplanet endlich in Sichtweite. Der Schein der Sonne blendete die Astronauten. Sie lächelten, während sie blinzelten gegen das gleißende Licht, das sich aus dem Schwarz erhob. Freudig schmetterten sie einen frühen Duran Duran-Song: „Babababapababap this is Planet Earth..." Er erinnerte sie an ihre gemeinsamen 80er Ende des 20. Jahrhunderts. Damals waren sie schon befreundet und gemeinsam waren sie „Waver". Als Anhänger der „New Romantics", der damaligen Synthie Pop Bands, die mit barocken Outfits, extravaganten Haarspray Frisuren, viel Pomp und MakeUp auch in Jungsgesichtern, einen Trend los traten, der den Punk-Gedanken fortführen sollte und aus braven Schülern androgyne „New Wave"-Teenager machte. Mondän und sophisticated, statt nietenbesetzt und schmutzig...

Beide wollten sie Astronauten werden und natürlich lächelten Eltern und Freunde, als die geschminkten Teenies mit den Rüschenhemden von ihrem männlichen Wunsch berichteten. Doch letztlich hatten sie sich ihren Traum vom „Rocket-Man" erfüllt und brachten ihren Lebens-Soundtrack mit an Bord, als sie ihre große Reise begannen. In 2 Jahren im All konnte man verdammt viel Musik hören. Ohne hätten es die beiden nicht durchgestanden und so wussten sie bereits beim Start, welcher Song die Ankunft auf ihren Heimatplaneten einläuten sollte. Aus vollem Halse sangen sie mit und dachten an den Herrscher Duran, aus ihrem Lieblingsfilm Barbarella, der Pate stand für den Bandnamen. Denn die „New Romantics" träumten Anfang der 80er genauso von fernen Welten, wie die beiden Astronauten...

„Auf diesen Moment habe ich mich die ganze Zeit am meisten gefreut", meinte Hal über die Interkom. „Das geht mir genauso, Doolittle! Der Anblick unseres blauen Planeten aus dieser Perspektive – das ist es, wofür ich Raumfahrer geworden bin. Ich kenne nichts, was so wunderschön ist... Jetzt dauert es nicht mehr lange, bis sich der Schatten vollständig verflüchtigt und wir…"

„Moment mal…" rief Doolittle irritiert. „Siehst du das auch, oder hab ich den Weltraumkoller?" Hal trieb noch etwas näher an das Sichtfenster heran. „Wo sind wir, verdammt? Das ist nicht die Er-

de…" Hal und Doolittle starrten fragend hinaus. Je mehr sich die Kugel vom Schatten abwendete...sie wurde nicht blau. Die beiden Astronauten befiel ein panisches Gefühl der Verlorenheit. Was sie sahen, konnten sie nicht einordnen. Wenn das dort unten nicht ihre geliebte und ersehnte Erde war... Wo waren sie dann? Diese Frage stellten sich die beiden, als sie auf den Planeten herabblickten, der zwar einige wenige blass -blaue Schlieren entdecken ließ, insgesamt aber nicht als „blauer Planet" bezeichnet werden konnte...
„Wir müssen landen, Dooey! Der Bordcomputer sagt, wir befinden uns im Anflug auf die Erde…Vielleicht ist es eine optische Täuschung oder unsere Augen haben was abgekriegt bei dem vielen Schwarz der letzten Jahre!?"
Die beiden starrten fassungslos auf den beinahe vollständig *weißen* Planeten, auf den sie sich zu bewegten und in dessen Umlaufbahn sie bald schon eindringen würden. Auch dies war ein irgendwie faszinierender Anblick, wenn auch etwas absurd!
Was sie nicht wussten: es sollte schon bald noch viel absurder kommen…

ENDE

Holen sie sich die nächste Gänsehaut:

Band 2

*„Stille Post!"*

Mira, eine junge Designerin wird von ihrem Briefkasten terrorisiert. Jeden Morgen lauern hier tödliche Polaroids! Als sie versucht, hinter das Geheimnis zu kommen, gerät sie immer tiefer in einen Strudel aus Blut und Wahnsinn. Wer ist der unheimlich pfeifende Bote? Und was hat Doris Day mit diesem seltsamen Horror zu tun...?

Die Nervenaufreibenden Antworten bekommen sie in

Band 2

...und in Vorbereitung:

*„Ein Mitternachtsmärchen"*

Ein Mädchen, das sich in absoluter Dunkelheit wiederfindet, ein junger Mann, der sich in ein Gemälde verliebt und ein böser Berserker, der beide in Stücke reißen will...
Ein Amokalptraum beginnt!
Eine schauderhaftes Mitternachtsmärchen über wahre Liebe und die Farbenpracht menschlicher Innereien...

Außerdem:

# „Das Bahnhofskino"

Ein Reisender, der ein Bahnhofskino entdeckt und das Bahnhofskino ihn...

und:

# „Das Pochen!"

Ein Einsiedler, der von einem Pochen in den Wahnsinn getrieben wird...

Lesen sie den seltsamen Horror vom Kollektiv...
Ungeheuerliche Gruselunterhaltung vom Gemeinsten, nur in

# Demnächst!

# Nachlese

# Nachtschauer

### GRUSEL GROSCHENROMANE DES GRAUENS...

Tretet ein in die wahnwitzige Welt der Grusel-Groschenromane. Eine Zeitreise in die 60er/70er/80er Jahre erwartet Euch. Eine Zeit, als Horrorliteratur noch kein Genre in der Buchhandlung war und Freunde des Abwegigen außer klassischen Schauergeschichten einfach kein Lesefutter bekamen. Bis der Horrorheftroman aus dem Schmuddel-Krimi mutierte. Ein Universum voller absurder Monster, parapsychologischer Agenten, perverser Experimente, Männern, die an zwei Orten gleichzeitig sein können, Jenseits-Welten, unfassbarer Horror-Helden mit Gimmicks des Grauens, vor denen selbst die krude Logik eines Albtraums den Zauberhut zieht! Und das für eine Hand voll Groschen…

Professor Zamorra ist „Der Meister des Übersinnlichen". Er hat parapsychische Fähigkeiten. Der Dämonenjäger kann in die Hirne anderer Menschen und mancher Gestalten eindringen und ihnen sogar seinen Willen aufzwingen. Als Geisterjäger-Gimmicks hat er ein magisches Amulett, mit dem er unheimliche Dinge tut. Im wahnwitzigen Band 149 der Serie „Der Endzeit-Dämon" wird er im Kampf gegen die zwei Superdämonen Eschaton und Asmodis getötet. Er tritt aus seinem Körper heraus, schlüpft in das Amulett und ist fortan der körperlose „Nur-Geist". Im Amulett befindet er sich nun in einer anderen Dimension, in der er in die Zukunft sehen kann. Er erkennt, dass er warten muss, bis seine Geliebte und Mitstreiterin Nicole Duvall zu Hilfe geeilt kommen wird. Sie verwandelt sich in ein Flammenschwert und besorgt es den Dämonen ordentlich. Im Amulett verweilend, wird Zamorra gewahr, dass sein Amulett eigentlich „Merlins Stern" ist. Geschaffen „aus der Kraft einer entarteten Sonne". Deshalb kann er also das Unmögliche möglich machen! Nachdem seine Flammenschwert-Freundin die Dämonen erledigt hat, verwandelt sich zurück in eine sexy Menschfrau und Professor Zamorra erinnert sich daran, wie liebreizend die brennenden Küsse dieser Frau auf seinen Lippen waren und so wünscht er sich zurückzukehren. Obwohl er in nichtstofflicher, körperloser Form die Leiden alles Irdischen hinter sich gelassen hatte und diesen Zustand sehr genoss, materialisiert er sich wieder aus dem Amulett heraus, sein „Nur-Geist" wird wieder stofflich und er kehrt als Mensch zurück zu Nicole Duvall – „der Liebe wegen"…

Satzmonster, wie:
„Er verstand die Bedeutung, doch er nahm es nicht wahr, weil dieses Verstehen in diesem Augenblick für ihn selbstverständlich war – denn er war das Amulett!"
oder:
„Nicole Duvall – Frau. Sie. Es – nein. Es besaß einen Namen. Es war Er. Er war Zamorra."
Überraschungen wie:
„Dämon Asmodis wechselte seine Gestalt. Er nahm eine seiner Tarnexistenzen an – einen Karatekämpfer!"

Und viele weitere schrullige, völlig durchgedrehte Einfälle, Wendungen und Gimmicks rund um Paralleluniversen, Ufos, menschheitslähmende Apathiestrahlung, Atomexplosionen, Mumien, Vampire, Untote und Raketen machen „Professor Zamorra" zu einem trashy Lesevergnügen auf rund 60 Din-A5 Heftchen-Seiten zum wegsnacken. Sprachlich ist das ganze recht simpel, aber auf sehr interessante Weise verquirlt-fantastisch. Bastei-Verlags-Autor ist Robert Lamont, der aber als Pseudonym 25 Autoren in sich vereint. Einer von ihnen war Wolfgang Hohlbein. Von den vielen absurden und unfassbar unterhaltsamen Serien (die hier und auch bei „YouTube" in filmischer Form ab sofort vorgestellt werden), hat „Professor Zamorra" als eine der wenigen bis heute überlebt. Mit nur noch zwei Autoren ist die Reihe zurzeit bei Band 1011. Die ersten 200 Romane sind meist abgeschlossene Geschichten oder mal Zwei- und Dreiteiler. Erst später wurden sogenannte „Zyklen" verfasst, also mehrbändige Fortsetzungsgeschichten. Jeder Roman ist aber für sich genommen lesbar, denn die obskuren Geschichten sind eh verrückt-verworren, und wenn die Handlung mal stockt, wird irgendetwas Abstruses aus dem Hut gezaubert. Um einzutauchen muss man also absolut nicht den schwer zu bekommenden Band 1 lesen, man kann überall einsteigen! Wobei hier gilt: Die frühen Nummern, (bis ca. 300) sind unter Horror- und Trash-Aspekten natürlich die Spektakulärsten…LE

**Ausgebrütet:** 1974 | **Vernichtet:** Bisher noch untot… | **Indizierungen:** Nein
**Logik:** Parapsychologisch | **Verlag:** Bastei | **Erscheinungsweise:** 14-tägig

Die Show zum Artikel findest du bei im YouTube Kanal „Nachtschauer"

Autoren:
Wolfgang Hohlbein, Jason Dark, A.F. Morland, Rolf Michael, Werner Kurt Giesa, Claudia Kern u.v.m.